KB031830

누가 알려주지 않아도 난

누가 알려주지 않아도 난

초판 1쇄 발행 2022년 6월 30일
2쇄 발행 2023년 6월 2일

지은이 유지향
펴낸이 강수걸
기획실장 이수현
편집장 권경옥
편집 오해은 강나래 신지은 이선화 이소영 김소원 이혜정
디자인 권문경 조은비
펴낸곳 산지니
등록 2005년 2월 7일 제333-3370002510020050 00001호
주소 부산시 해운대구 수영강변대로 140 BCC 613호
전화 051-504-7070 | 팩스 051-507-7543
홈페이지 www.sanzinibook.com
전자우편 sanzini@sanzinibook.com
블로그 sanzinibook.tistory.com

ISBN 979-11-6861-033-0 03810

* 책값은 뒤표지에 있습니다.
* 잘못된 책은 구입하신 곳에서 교환해드립니다.

누가 알려주지 않아도 난

20대 꼭짓점에 서서 나를 돌아보다

유지향 지음

산지니

프롤로그

암막 커튼 사이를 비집고 아침 햇살이 들어왔다. 아홉 시가 다 되어가고 있었다. 이불 밖으로 나가 창문을 열었다. 4월치고는 제법 차가운 바람이 불어왔다. 베란다 상자 텃밭에 있는 상추랑 고추가 싱그럽게 초록을 반짝이고 있었다. 밤새 얼지 않았을지 걱정하는 내게 괜찮다며 웃는 것 같았다.

텃밭 흙을 만져보았다. 비가 오고 난 뒤로 물을 주지 않았는데도 아직 촉촉했다. 부드러운 흙을 만지작거리고 있으니 변산이 떠올랐다. 날마다 흙을 만지며 사계절을 몸으로 느끼던 곳이었다.

전라북도 부안군 변산면은 서울에서 오가기엔 꽤 먼 곳이었다. 휴대전화 없이 지내던 변산에서 친구들이 보고 싶을 때면 편지를 보내곤 했다. 송에게 편지 쓰던 그날도 여느 때처럼 마지막에 이렇게 썼다. '회색빛이던 내가 알

록달록한 네 덕분에 밝고 환하게 웃는다. 밋밋한 나랑 친구해줘서 고마워.' 말주변이 없고 무뚝뚝한 나에 비해 따뜻한 유머를 가진 송이 부러웠던 참이었다.

편지를 보내고 일주일 뒤 송에게서 답장이 왔다. '넌 회색빛이 아니라 나무 빛이야. 굵고 단단한 나무 기둥 같은! 그건 나무뿌리인가?' 피식 웃음이 났다. 송이 보는 나는 회색보다 고동색에 더 가까웠나 보다. 듣고 보니 고동색도 꽤나 무뚝뚝한 면이 있다. 회색보다는 좀 더 우직한 느낌이다. 고집 세고 뚝심 있는 나와 잘 어울리는 것 같았다. 그날 이후로 나무를 볼 때마다 나무줄기가 눈에 띈다.

스스로를 사랑하기 어려울 때는 다른 이가 주는 사랑을 받는 것도 큰 힘이 되었다. 자기 색깔로 선명하게 반짝이는 사람들을 볼 때마다 부럽기는 하지만 예전처럼 초라해지지는 않는다. 촉촉한 흙빛, 건강한 똥빛, 오래된 구리와 같은 고동(古銅)빛을 닮은 내가 마음에 든다.

차례

프롤로그   4

1부
**진정한
홀로서기를
위하여**

평범해질 용기   11

착한 큰조카   15

백수 일기   20

할머니와 함께 보낸 한 달   24

너나 잘하세요   29

자격증 백만 개가 필요해   35

취업 마지노선   40

한국사 시험 본 날   45

면접을 시작하겠습니다   51

백합나무 입학식   56

투룸 전세 있을까요   61

재택근무로 가능한 프리랜서   68

거름 화분   72

나의 코르셋   78

새벽이답게, 나답게   82

내 일터는 숲   86

2부
나의
자양분,
공동체

샌드페블즈 93

해피투게더 97

행복을 위한 선택 101

가장 좋아하는 한 가지 104

손님에서 식구하기 108

나무 공부 112

뒷간의 추억 115

문학의 밤 121

능력자 왕관 내려놓기 125

1번 뽑은 거 정말이에요? 130

내 집 마련의 꿈 135

게으름뱅이네 구들 청소 141

비 오기 전날 147

이 맛에 농사짓는구나! 152

여름 나기 157

기나긴 새 학기 161

담봉 아짐 일손 돕기 166

십일월의 감기 171

메주를 매달 때는 메주가 되어야 한다 177

택배 공주와 여덟 난쟁이 182

깨끗하게, 맑게, 자신 있게 187

달래 캐기 193

혼자 하지 말고 같이 하자 199

병원비가 더 나오는 거 아니야? 206

명절 잔소리 212

에필로그 219

일러두기

본문에 나오는 이름은 모두 가명입니다.

1부

진정한 홀로서기를
위하여

평범해질 용기

스물셋, 서울에서 말로만 '친환경'을 실천하는 데 한계를 느끼던 중에 변산공동체학교*를 알게 되었다. 의식주를 자급자족하는 공동체는 꿈꿔왔던 이상에 가까웠다. 대학을 졸업하자마자 해외로 유학 가는 셈 치고 농촌생활을 배우러 갔다.

삼 년 동안 논과 밭, 산과 들, 섬과 바다는 물론 남녀노소 공동체 식구들과 치열하게 부대꼈다. 자기 앞가림한다는 게 뭔지, 더불어 사는 건 얼마나 어려운 건지 직접 부딪히며 느꼈다. 공동체가 추구하는 가치와 구성원 개인이 가진 생각이 엇갈리는 상황들을 겪으면서 꿈꿔왔던

● 변산공동체학교(이하 '공동체')는 전북 부안군 변산면 농촌에 있는 생활 공동체다. 제 앞가림하고 더불어 사는 힘을 기른다는 목표를 가진 공동체다. 전통적인 방식으로 집을 짓고, 농사지어 먹고살며 자급자족하는 그곳에서 삼 년을 지냈다.

유토피아는 없다는 걸 깨달았다.

믿고 따랐던 사람에게 실망하고, 좋아하던 사람을 미워해도 공동체는 굴러갔다. 언제나처럼 같이 밥 먹고, 일했다. 낮에는 공동체 일을 하고, 저녁에는 마을 이웃을 도왔다. 주말에는 변산 청년모임에 가서 빵도 만들었다. 몸과 마음이 힘들 때도 주어지는 일을 다 해야 한다고 생각했다. 결국 몸이 "좀 쉬어라!"며 신호를 보냈다. 변산에서 보내는 세 번째 해에는 기력이 바닥나고 피부병까지 났다.

공동체 겨울방학을 맞아 서울에 갔다. 자취하는 동생 희는 혼자서도 잘 지내고 있었다.

"난 네가 부럽더라? 니는 혼자서도 집에서 시간 잘 보내잖아. 그런 니 보면서, 나는 왜 그렇게 못할까 싶더라고."

가만히 듣고 있던 희가 무심하게 책 한 권을 줬다.

"언니 인생은 언니답게 살아."

책 제목은 『미움받을 용기』였다.

남들보다 뛰어나야 한다고 생각하는 밑바탕에는 스스로가 못났다는 생각이 깔려 있다. 그 정도는 아닐지라도 적어도 보통으로 있어서는 안 된다는 생각이 자리하고 있다.

보통으로 있지 못하는 사람은 항상 특별해지려고 한다. 자신은 특별하고 우수해야만 하고, 그렇지 않다면 특별히 나쁘기라도 해야 한다고 생각하는 것이다.

나도 책 속의 청년처럼 특별해지고 싶었다. 이름난 사람이 되려면 남들과 달라야 한다고 생각했다. 십 대 때는 노는 걸 싫어하는 범생이, 대학생 때는 시험기간에도 술 먹는 날라리로 살았다. 졸업 후에는 취업 준비 대신 시골로 내려가서 자급자족을 택했다. 사람들이 '넌 참 대단해', '역시 뭔가 달라'라고 인정해주면 어깨에 힘이 들어갔다.

변산 생활은 특별했다. 길에서 마주치는 할머니들은 내가 인사만 드려도 예뻐해주셨다. 동네 몇 없는 젊은 처자 중에 나는 '서울 아가'였다. 이십 대가 공동체에서 사는 걸 대단하게 여기는 분들도 있었다. 변산에서는 존재만으로 관심을 받았다.

다른 사람이 나를 어떻게 보는지 신경쓰는 동안 나다운 게 무엇인지 잃어갔다. 언젠가부터 하루하루 버티는 느낌이 들었다. 공동체에서는 일과 사생활이 무 자르듯 딱 나눠지지 않았기에 나를 지켜낼 힘이 필요했다.

이십 대 후반은 달라져 보겠다며 스물일곱에 공동체를 나왔다. 농사짓고 아이들 가르치는 것만큼 나다운 게 무엇인지 찾는 것도 중요했다. 정든 식구들이 챙겨주는 공동체를 떠나 나 스스로 돌보는 연습을 하기로 했다. 몸과 마음을 살피고 가족과 친구 곁에서 소소한 행복을 누리고 싶었다.

제도권 교육을 성실하게 받으면서 얻은 학벌로 많은 것을 누렸다. 학교 밖에서 대안적인 삶을 경험하며 깊은 배움을 얻었다. 낯선 마을에서 적응하는 동안 많은 분들이 사랑을 주셨다. 따뜻한 마음이 든든하게 채워져 평범해질 용기를 냈다.

착한 큰조카

어려서부터 어른들 말씀을 잘 듣는 착한 아이였다. 학교 성적도 잘 받아서 기대를 저버리지 않았다. 그중에서도 세 고모들은 큰조카인 나를 끔찍이 예뻐했다. 첫 조카라서 그런지 다른 조카보다 특히 더 예뻐하는 것 같았다. 관심은 점점 부담이 되었다. 좋은 대학 나와서 우리 집안을 이끌어야 할 것 같았다.

그랬던 조카가 대학을 졸업하자마자 귀농했다. 처음엔 '똑똑한 아이니까 무슨 생각이 있겠지.' 하고 믿었는데 변산 생활이 길어지니 아예 눌러앉을까 봐 걱정이 되는 고모들이었다. 가끔 통화를 하면 꼭 물었다.

"거기서 언제 나올 건데?"

변산에서 더 살고 싶었지만 고모 앞에서 '착한 큰조카'를 버리지 못했다.

"걱정 마세요. 곧 나갈 거예요."

고모들 질문에 꿋꿋이 버티다가 삼 년 만에 공동체에서 나왔다. 농촌 생활을 끝냈으니 더 이상 고모들이 하는 걱정을 듣지 않아도 될 줄 알았다. 공동체에서 나온 날 부산에서 볼일이 있어 부산 사는 막내 고모 집으로 갔다. 큰고모도 같은 동네에 사는데 마침 그날 둘째 고모도 하룻밤 자러 온다고 했다.

집안 행사가 아니고 밖에서 세 고모와 시간을 보내는 건 처음이었다. 밖에서 저녁도 먹고 마트에 장도 보러 갔다. 이렇게 고모들이랑 함께할 날이 또 언제 있을까 생각했다.

쇼핑에 관심이 없던 나는 고모를 따라다니며 고모 옷을 구경했다. 그런데 둘째 고모가 한 매장에 들어가더니 젊은 아가씨가 입을 만한 외투를 찾았다. 고모는 날 보며 말했다.

"고모가 우리 지향이 겨울옷 한 벌 사줄게. 골라봐."

나는 깜짝 놀라며 두 손을 저었다.

"아유~ 아니에요. 저 괜찮아요!"

옆에서 막내 고모가 말했다.

"얘는 지가 먼저 사달라고 못 할 테니까 우리가 골라서 사주자."

그렇게 고모들은 코트부터 스웨터, 바지까지 열심히 봤

다. 비싼 옷이 부담스러웠지만 새 옷을 입은 '우리 지향이'를 보며 감탄하는 고모들을 막을 수 없었다. '저렇게 좋아하시는데….' 잠깐 동안만 모델이 되기로 했다. 여러 가지 입어보고 어떤 게 나은지 고르라고 했다. 못 고르고 쭈뼛거리니까 고모들이 하나씩 사주겠다며 색깔별로, 종류별로 샀다.

새옷을 잔뜩 들고 큰고모네 집으로 갔다. 고모 옷장에도 나한테 어울릴 만한 옷이 있을 것 같다고 하셨다. 큰고모 집에서 두 번째 패션쇼가 열렸다. 큰고모는 옷장에서 블라우스, 니트, 카디건을 마구 꺼냈다.

"지향이 치마도 입나?"

고모가 아끼던 치마와 바지까지 쇼핑몰에서 산 것보다 더 많은 옷을 입어보았다. 옷을 바꿔 입고 거실로 나갈 때마다 고모들은 손뼉을 쳤다. "우리 지향이 너무 예쁘다~", "옷이 날개네!" 일곱 살 어린이가 된 것 같았다.

이쯤 되니 나를 위한 건지, 고모들이 좋아서 하는 건지 헷갈렸다. 옷이야 집에 가져가면 동생이 입을 거라 괜찮았지만 마음이 편치 않았다. 예쁜 옷을 입고 번듯한 직장에 들어가길 바라는 고모들의 기대가 느껴졌다.

이름만 대면 누구나 아는 직장에 들어갈 생각도 없고, 멋지게 차려입는 것도 좋아하지 않으니 앞으로 고모들

기대에 못 미칠 게 걱정이 되었다. 나중에 들었는데 큰고모가 '애가 불쌍해 보이더라'라고 했다고 한다. 그날 입고 있던 옷에 보풀이 잔뜩 일고, 많이 낡긴 했지만 꼭 옷 때문만은 아니었을 거다. 어린 나이에 기력이 없어 보이니 안쓰럽기도 했을 거다. 그렇다고 고모들 앞에서 "저 아파요. 당장은 직장 구할 여력이 없어요"라고 말할 수도 없었다. 그저 힘없이 헤헤 웃기만 했다.

고모가 사준 옷을 입고 친구를 만났다. 친구도 앞으로의 내 계획을 궁금해했다.

"이제 뭐 할 거야?"

"도통 기력이 나아지질 않네. 그냥 몇 달은 충분히 쉬면서 체력 회복해보려고."

친구 앞에서는 아무렇지도 않은데 고모들 앞에서는 작아졌다. 고모뿐만이 아니다. 다른 친척들 앞에서도 마찬가지였다. 그들의 기대에 부응할 수 없을 것 같다는 생각에 자신이 없었다.

고모가 사준 옷 얘기를 했더니 친구가 말했다.

"아유 좋겠네. 그냥 예쁜 옷 선물 받았다고 생각해."

생각하기 나름이었다. 가족들에게 직접 농사지은 쌀도 보내고, 원고료로 내가 먹을 쌀도 벌고 있었다. 돈만 안 벌 뿐이지 집안일 하느라 여간 바쁜 게 아니었다.

나 스스로 '착한 아이'를 놓지 못하고 있었다. 고모라는 핑곗거리가 필요했다. 기대는 고모들 몫이고, 난 내 몫의 삶을 살면 되었다.

그런데 기대와 걱정에 휘둘리지 않고, 있는 그대로의 나로 산다는 게 말처럼 쉽지 않다. 이제껏 받아온 사랑에 보답해야 할 것 같았다. 공동체 안에서는 느릿느릿 게으르고, 여기저기 빈틈 많은 내가 익숙했는데, 가족들 앞에서는 자발적 가난을 택한 나를 드러내는 게 쉽지 않았다. 스스로 '가난하고 촌스럽게 독립할 수 있을까?' 하는 확신이 없어서였다. 기력도 없으니 더 막막했다.

미래를 확신하고 사는 사람이 얼마나 될까. 도착지가 어딘지 모르는 길을 걸어가며 불안해하는 나를 받아들이고, 과정을 즐기다 보면 고모들 앞에서도 떳떳할 수 있지 않을까.

고모가 사준 좋은 옷은 두고두고 잘 입는다. 어깨에 힘주고 싶은 날에 고모들의 사랑으로 가슴을 폈다. 때와 장소에 맞는 옷을 입는 어른이 될 수 있었다. 고모들 앞에서 눈치 보던 스물일곱과 비교해 보면 크게 달라진 건 없다. 그저 어제보다 나은 오늘, 오늘보다 나은 내일로 나아가고 있다는 믿음이 채워졌을 뿐이다.

백수 일기

아침 여섯 시 반이 좀 넘었는데 아빠가 날 깨웠다. 여덟 시간 잤는데도 몸이 천근만근 무거웠다. 혼자 살 때는 삼십 분 정도 뒹굴거리다 일어나는데, 김해 집에서는 식구들 시간에 맞춰야 했다.

같은 방 쓰는 여동생은 화장대 앞에서 로션을 바르고는 아침을 먹으러 나갔다. 나도 힘겹게 몸을 일으켜 옷을 갈아입고 부엌으로 갔다. 반쯤 뜬 눈으로 식탁 앞에 서니 막내 남동생이 주스를 건네주었다. 엄마가 직접 갈아 만든 야채주스였다. 남동생이 말했다.

"(눈 뜨기 힘들어) 죽을라 칸다."

거울을 보지 않았지만 내가 얼마나 썩은 얼굴을 하고 있는지 알 수 있었다.

주스를 마시고 식탁에 앉았다. 호박전이 있었다. 시골에서 제철 채소만 먹다가 한겨울에 애호박을 만나니 반

갑기도 하고, 어색하기도 했다. 이 계절에 호박이라니.

메추리알 조림도 있었는데 엄마는 남은 메추리알 두 개만 먹고 버리자고 했다. 나는 조림에 있는 마늘을 먹으면서 말했다.

"마늘도 맛있는데? 이건 안 먹어?"

엄마가 멋쩍게 웃으며 말했다.

"비주얼이 별로라 그런가, 다른 식구들은 안 먹더라고."

나는 호박전보다 양념에 달큰하게 졸여진 마늘이 더 맛있었다.

밥 먹고 있는 내게 엄마가 세탁기 쓰는 법을 일러주었다. 엄마는 세탁기를 쓸 때 세탁을 두 번 하고서 헹굼 기능을 썼다. 헹구는 물을 따로 받아두고 마지막 헹구는 물에 섬유유연제를 넣으라고 했다.

"섬유유연제는 얼마큼 넣어?"

"그냥 휘리릭 넣으면 되는데."

살림살이를 세세하게 알려주기 어렵다는 걸 알기에 더 묻지 않았다. 친절한 엄마는 "종이컵 반 컵 정도 넣으면 돼"라며 알려주셨다.

밥을 다 먹고 식탁에 앉아 있으니 식구들이 집을 나섰다. 싱크대에 아침밥 먹은 그릇들이 쌓여 있었다. 설거지를 하고 세탁기에 남은 시간을 살폈다. 13분 남았다. 현관에서 식구들을 배웅을 했다. 나 홀로 집에 남았다.

엄마가 시킨 대로 헹군 물을 받고 섬유유연제를 휘리릭 부었다. 널어둔 빨래를 개고 나니 세탁기에서 끝났다는 소리가 들렸다. 인공적인 플로랄 향기가 나는 빨래를 베란다로 가져가 널었다. 엄마 속옷이 많이 낡아 보였다. '나보고는 시골에서 입던 옷들 다 버리고 오라고 했으면서.'

열아홉 살부터 기숙사 생활을 했다. 서울에서 대학생활을 하고 시골에 내려가서 살았다. 팔 년 만에 김해 집에 왔다. '지금 아니면 앞으로 언제 엄마, 아빠랑 살아보겠나.' 싶은 마음이 들었다. 이제껏 나를 돌봐준 이들을 위해서 고작 몇 달 설거지, 빨래, 청소하는 것쯤, 별거 아니라고 생각했다.

대학시절에 자취도 하고, 변산에서도 혼자 지냈으니 살림도 제법 안다고 생각했다. 하지만 혼자 사는 집과 누구랑 같이 사는 집을 가꾸는 건 다른 일이었다. 내가 하고 싶을 때 내 멋대로 할 수 없고 함께 사는 이들을 배려하며 암묵적인 규칙을 지켜야 했다. 농촌과 도시에서 하는 살림도 달랐다. 친절한 엄마 덕분에 살림을 하나하나 다시 배울 수 있었다.

다행히 집안일이 적성에 맞다. 반짝반짝 윤이 나는 그릇, 뽀송뽀송 잘 개켜진 옷, 머리카락 없는 깔끔한 바닥을 보면 뿌듯했다. 백수는 생각보다 바쁘다. 가사노동, 돌봄노동이 얼마나 섬세하고, 시간과 품이 많이 드는 일인지 알게 되었다.

엄마는 내가 집안일을 돕겠다고 할 때면 "크면 다 하게 된다"면서 자기가 다 했다. 엄마를 돕는 게 아니라 마땅히 집안일을 같이 할 나이가 되어 좋다. 집안일을 나눠서 척척 끝내고 나면 엄마는 꼭 커피 한 잔을 마셨다. 깨끗한 집 안 가득 퍼지는 커피 향이 그렇게 좋을 수가 없다.

할머니와 함께 보낸
한 달

태어나서부터 스무 살이 될 때까지 줄곧 할머니와 함께 살았다. 부산에서 서울, 다시 서울에서 김해로 이사 다니는 동안에도 할머니와 함께였다. 아빠, 엄마가 다른 지방에 일하러 갔을 때도 할머니는 우리 4남매를 돌봤다.

스무 살이 되고부터는 서울에서 지내느라 할머니를 자주 보지 못했다. 할머니는 아흔을 앞두고 따로 집을 얻었다. 혼자 사는 할머니를 만나러 가면 언제나 앓는 소리를 들었다. "밤마다 무릎이 아려가 잠을 못 잔다. 어제도 뜬 눈 새웠다." "(앉았다가) 한 번 일어날라 카믄 허리가 아파가 질질 긴다." 그래놓고 언제 그랬냐는 듯 부엌에 가서 내게 먹을거리를 내주었다. 집안 곳곳에 깔끔하고 다부진 할머니의 손길이 가 있는 걸 보며 앓는 소리를 듣고도 안심할 수 있었다.

하루는 할머니가 백내장 수술을 받았다. 수술하고 나

서 며칠은 온종일 안대를 끼고 있어야 해서 곁에 있을 사람이 필요했다. 연세가 많다 보니 할머니의 아들과 딸들(아빠와 고모들)이 걱정했다. 그래서 백수 생활을 하는 내가 할머니를 돌보기로 했다.

수술비는 못 보태도 옆에서 할머니 손발이 될 수 있어 기뻤다. 크게 할 일도 없었다. 하루 네 번 안약 넣고, 삼시 세끼 차리고 치우는 정도였다. 반찬은 엄마가 챙겨줬고, 국은 고모들이 가져다줬다. 나는 데우고 차리기만 하면 됐다. 소박한 밥상을 좋아하는 나는 할머니 덕분에 편안한 식사시간을 가질 수 있었다.

할머니와 텔레비전도 같이 봤다. 뉴스 보다가 '정치인들이 나랏돈 받아먹으면서 맨날 싸움질만 한다'고 같이 욕하고, 드라마 보다가 내가 못 봤던 회차 이야기를 물으면 할머니가 설명해주는 식이었다. 그러다 할머니가 낮잠을 청하면 나도 옆에서 같이 잠들었다.

그렇게 사흘이 지나니 할머니는 나가서 내 볼일을 보라고 했다. 딱히 볼일은 없지만, 가만히 있는 게 답답하기는 했다. 그럴 땐 혼자 산책하거나 집에 가서 설거지나 청소를 했다. 그리고 밥때가 되면 다시 할머니 집에 갔다. 내가 당신 때문에 집에만 있는 게 미안한 눈치였다.

다음 날, 할머니가 무언가를 열심히 하고 있었다. 수술

하고서 희미했던 시야가 조금씩 뚜렷해지니 할 일도 보였나 보다. 당신이 하시던 대로 집 안 구석구석 치우고 반찬도 만들고 싶은데 내가 있을 때는 못 했던 거다. '이래야 우리 할머니지!' 싶어서 무거운 짐 드는 것만 도와드리고는 내 일을 했다.

자식들이 걱정하는 것과는 다르게 할머니는 자기가 할 수 있는 만큼 살고 있었다. 오히려 내가 효도한다는 핑계로 게으름을 부리고 있던 것 같아 민망했다. 친구 만나는 약속도 미루고 있었는데 내 일을 봐도 되겠다 싶었다. 그렇게 집으로 돌아와서 하루에 한 번씩 할머니와 밥을 먹으러 갔다.

수술하고 한 달 동안은 눈에 비눗물이 들어가면 안 되기 때문에 씻을 때 내가 필요했다. 미용실에서 감는 것처럼 누워서 머리를 감기고, 샤워할 때는 등을 밀어드렸다. 잠깐 들러 혼자 하기 어려운 일을 도우면서 말벗이 되어드리는 것, 딱 그 정도가 할머니도 나도 편할 수 있는 사이였다.

멀리 떨어져 지낼 때는 할머니와 다른 가족들에게 얼굴을 자주 못 비춘 게 마음에 걸렸다. 그래서 집에 있으면서 그동안 못다 한 효도를 하려고 했다. 그런데 옆에 있어 보니 각자 알아서 지내고 있었다. 생각했던 것보다 훨씬 더 씩씩하게 자기 삶을 살고 있었다.

집에 온 지 한 달 만에 다시 집을 떠나기로 했다. 할머니는 내가 떠난다고 하니 아쉬워했다. 백수인 손녀를 보며 답답할 줄 알았는데 옆에 있어 좋았나 보다. 아쉬워하는 할머니를 보니 마음이 흔들렸다.

"그냥 멀리 가지 말고 개작은데(가까운데) 있을까?"

"아이다. 니 알아서 해라."

할머니는 차비로 쓰라며 내게 용돈을 쥐어줬다.

"어디 나가면 주머니에 돈이 좀 있어야 하는 기라."

못 이긴 척 받으며 말했다.

"내가 돈 많이 벌어 와가 할무니 맛있는 거 사줄게!"

공동체를 나와서는 어딘가에 얽매이지 않고 살아볼 생각이었다. 그런데 집에 있는 동안 나도 모르게 가족들에게 얽매이고 있었다. 석 달 동안 집에 있겠다던 약속을 못 지켜서 가족들이 서운해하지는 않을까 걱정이 됐다. 그런데 내가 없는 게 더 익숙하다며 쓸데없는 걱정은 말라는 게 아닌가. 역시 나는 나대로 잘살면 된다.

한 달 동안 할머니 집을 드나드는 길가에 봄꽃이 예쁘게 피고 졌다. 예쁜 봄날을 할머니와 함께 보낼 수 있어서 참 좋았다. 할머니가 잘 지내든, 못 지내든 전화 자주 하라고 해서 틈날 때마다 전화를 드리고 있다. 집 떠난 지

일주일도 안 되었는데 할머니는 말했다. "있다가 못 지내 겠거든 내려온내이." 든든한 할머니를 믿고 새 보금자리 로 가뿐하게 떠날 수 있었다.

너나 잘하세요

집을 떠나 경상북도 상주에 있는 산골짜기로 갔다. 멧나물도 하고, 겨레말(순우리말)을 알리는 일을 하는 곳이었다. 두 달 동안 나물을 뜯어서 밥벌이를 해보기로 했다.

이른 봄에는 산에 나물이 나질 않아서, 둔치에 가서 나물을 뜯었다. 원추리, 나도냉이, 구릿대, 사양나물(바다나물), 광대수염, 삼나물(눈개승마). 모두 처음 보는 나물이었다.

한자로 되어 있는 낱말을 쉬운 겨레말로 바꿔 쓰는 재미도 쏠쏠했다. 할머니가 "뭐니 뭐니 해도 튼튼한 게 최고"라고 했는데, 이렇게 즐겁게 백악산 자락을 누비면 몸도 마음도 저절로 튼튼해질 것 같았다.

봄에는 산과 들이 연둣빛으로 물든다는 걸 마땅히 알고 있지만, 나물 뜯으러 다니다 보면 한눈에 그 싱그러움을 느낄 수 있다. 따뜻한 햇볕을 쬐며, 때로는 촉촉한 봄비를 맞으며 일을 하지만 날마다 싱그럽지만은 않았다.

비가 보슬보슬 내리던 날이었다. 비옷을 입고 산에 올랐다. 취밭에 자루를 펼치고 자리를 잡았다. 취를 도려낼 때는 잎이 흩어지지 않도록 땅 밑으로 칼을 푹 찔러 넣었다. '뚝' 하고 취가 끊어지면 티끌을 털어내고 자루에 담았다. 빗소리, 새소리 들으면서 혼자 나물 뜯을 때면 그렇게 고요하고 평화로울 수가 없다.

나물 뜯는 건 혼자 하더라도 이백 봉지가 넘는 나물을 담는 일은 혼자 하기 어려웠다. 같이 일하는 분들 예닐곱 명이 각자 해 온 나물 자루를 들고 모였다. 바닥에 비닐을 깔고 가운데에 나물을 부었다. 어제 한 거까지 더하니 꽤 많았다. 골고루 나물을 뒤섞어주며 나물 더미를 만들었다.

나물 더미를 가운데 두고 둘러앉아 나물을 담았다. 물류센터 도착시간을 맞춰야 해서 바빴다. 하지만 손이 느린 나는 빨리하지 못했다. 한 가지 나물만 들어가지 않도록, 봉지 한쪽에 나물이 뭉쳐지지 않도록 고루 펼쳐 담으려고 하다 보면 빨리할 수가 없었다.

'산나물 모음'은 한 봉지에 만오천 원이 넘는 꽤 비싼 나물이었다. 아무리 좋은 나물이라 해도 깔끔하지 않으면 소비자들이 좋아하지 않을 것 같았다. 먹다가 티끌이라도 씹혔을 때 '산에서 직접 뜯어서 그렇구나~' 하는 사람도 있겠지만 '이게 뭐야' 하고 언짢은 사람도 있을 거다. '우리 가족, 내 친구가 먹는다' 생각하며 담다 보니 옆 사람이 두 봉지 담는 동안 나는 한 봉지를 못 담을 때도 있었다.

바로 옆에 앉아 있던 아저씨는 비닐을 열고 한 뭉텅이 씩 잡고 푹푹 담았다. 그러다 보니 봉지 가운데는 볼록하고 옆은 홀쭉했다. 저렇게 하면 가운데가 눌려서 나물이 상할 것 같았다. 안 되겠다 싶어 조심스럽게 말했다.

"그렇게 하시면 안 되죠~ 가운데 뭉치지 않게, 차곡차곡 넣어주시면 좋을 것 같아요."

아저씨는 퉁명스럽게 말했다.

"본인이나 잘하세요."

제대로 한 방 먹었다. 옆에 있던 다른 사람들은 웃자고 한 말이라며 웃었지만 나는 웃을 수 없었다. '열심히 뜯어 온 나물이 상할까 봐 그런 건데, 너나 잘하세요?' 굳은 얼굴로 나물을 담으면서 아저씨가 내게 퉁명스럽게 구신 까닭을 곱씹었다.

일할 때 아저씨께 부탁했던 게 처음이 아니긴 했다. "그쪽 말고 이쪽에 놔주세요.", "무게 잴 때 상품 종이도 같이 넣어주세요." 내가 '이래라, 저래라' 하는 게 아저씨는 듣기 싫을 수도 있겠다 싶었다. 나물 담는 일이 끝나고 아저씨께 사과드리러 갔다.

"저기, 제가 한 말에 기분 나쁘셨어요?"

"네. 좀 걸리네요."

"그러셨군요. 죄송합니다."

아저씨는 나와 눈도 제대로 안 마주치고 지나갔다. 사과는 했지만 영 찝찝했다.

나는 느리더라도 하나하나 정성 들이는 게 중요하지만, 아저씨는 빨리하는 게 더 중요할 수 있다. 나물을 서너 자루씩 해 오는 아저씨 눈에는 달랑 한 자루만 가져오는 내가 답답했을 수도 있다. 하지만 아저씨는 내게 뭐라고 하지 않았다. 그리고 '너나 잘하라'는 깨달음을 주신거다.

점심밥을 먹으면서 한 번 더 죄송하다고 했다. 알고 보니 아저씨는 나뿐만 아니라 다른 사람에게도 그런 말을 들었다고 했다. 아저씨 나름대로 잘해보려고 했는데 다들 뭐라고 하니 나 같아도 기분이 안 좋았을 것 같다. 내가 옳다고 우겼던 게 부끄러웠다.

이제껏 '나 잘났어!' 하고 오지랖 부리다가 다른 사람을 속상하게 한 적이 많다. 옳고 그름을 가릴 때는 신중해야한다는 걸 알면서도 말이 앞섰다. 잘못하고 뉘우치는 걸

나물 십 킬로 뜯는 것보다
다른 사람과 어울려 사는 게 더 어렵다.
나물을 뜯는 일이 익숙해지는 것처럼
나와 다른 생각이 부딪히는 일도
익숙해지는 날이 올까.

얼마나 더 겪어야 버릇을 고칠 수 있을까 싶었다. 내가 옳다고 여기는 걸 다른 이는 옳다 하지 않을 수도 있다는데 깨어 있고 싶었다.

여기저기 마음 쓰느라 나를 돌보지 못할 때 토란 이모에게 들었던 말이 있다.

"지향이 너, 이 사람, 저 사람 챙기고 다니잖아. 네가 남들보다 낫다고 여기니까 챙겨주고 도와줘야 할 것 같은 거지. 근데 그거 알아? 다들 너 없어도 잘 살아."

그때는 상대가 나보다 낫다는 말을 새기라는 토란의 말에 고개를 끄덕였지만 돌아서니 까먹어버렸다. 가족들 걱정하다가 '나만 잘하면 된다'라는 걸 느껴놓고도 상주에 와서도 그대로였다.

나물 십 킬로 뜯는 것보다 다른 사람과 어울려 사는 게 더 어렵다. 나물 뜯는 일이 익숙해지는 것처럼 나와 다른 생각이 부딪히는 일도 익숙해지는 날이 올까. 그래도 잊을 만하면 이런 꼬라지를 마주할 수 있어서 다행이었다. 다름을 있는 그대로 받아들이는 그날까지 '너나 잘하세요'를 새기고 입조심, 말조심해야겠다. 싱그럽고 우중충했던 상주에서의 봄날이었다.

자격증 백만 개가
필요해

두 달 동안 나물 뜯어서 번 돈은 이틀 만에 없어졌다. 한약값으로 반이 나가고, 어른들 용돈에 남동생 생일선물을 사고 나니 끝이었다. 그동안 주변 어른들이 취업하라고 했을 때는 귓등으로 들었다. 변산공동체학교에서 직장에 가지 않고도 밥벌이할 수 있다는 걸 맛보았기 때문이다. 하지만 일과 생활이 분리되지 않은 공동체 생활은 어려웠다. 직장에 들어가면 워라밸이 채워질까 하는 기대가 생겼다.

상주에서 나물 뜯는 동안 내가 얼마나 산을 좋아하는지 알게 되었다. 직장을 가진다면 산, 숲과 관련된 일을 하고 싶었다. 대학 동기들 가운데 산림과학원에 있는 친구와 임업진흥원에 다니는 친구를 만나봤다. 이야기를 들어보니 연구실에서 공부하는 것은 몸이 근질근질할 것 같았다. 산촌을 살리고 임업을 지원해주는 임업진흥원은 경제적인 관점에서 산을 보는 거라 나랑 가치관이 안 맞았다.

산림청에 있는 선배 언니도 만나보았다. 언니는 사무관으로서 정책 만드는 일이 보람 있지만, 내게는 그보다 현장 일이 잘 맞을 것 같다고 했다. 그러면서 한국산림복지진흥원에 대해 알려줬다. 산림교육, 산림치유와 같이 숲을 복지자원으로 활용하는 일이었다. 숲 체험으로 아이들을 만날 수 있고 전남 장성, 경북 청도 같은 지방에서 일할 수 있어 마음에 들었다.

나물 뜯기가 끝날 무렵 채용공고가 떴다. 평가 기준은 직무 관련 자격증이 60%, 자기소개서가 40%였다. 자격증이 하나도 없어서 상반기 채용은 포기하고 다음 채용을 준비하기로 했다. 사기업을 다니면서 공기업을 준비하는 친구가 우스갯소리를 했다. "공기업은 자소서, 관련 경력이나 경험 그리고 자격증 백만 개가 필요해." 자격증이 한 개도 없는 나로서는 막막했다. 공동체 생활하면서 돈 주고도 살 수 없는 경험치를 쌓았기에 후회는 없지만, 사회에서 그런 경험으로는 능력을 증명할 수 없다는 게 슬펐다.

자격증을 따기로 했다. 당장 딸 수 있는 게 컴퓨터활용능력시험(컴활) 2급과 청소년지도사 2급이었다. 공부도 인터넷 강의로 하고, 아르바이트도 온라인 재택근무로 하다 보니 종일 컴퓨터 앞에 앉아 있을 때가 많았다. 아무리 아날로그가 좋아도 디지털 시대에 살아남으려면 어쩔 수 없는 것 같다. 눈이 뻑뻑하고 허리가 뻐근해질 때면 '직장생활도 마찬가지겠지'라는 생각이 들었다.

이후에 산림복지진흥원 인턴 공고가 떴다. 채용으로 이어지지 않는 체험형 인턴이지만, 나중에 공기업 지원할 때 가산점을 얻을 수 있으니 괜찮을 것 같았다. 자기소개서는 지원동기, 입사 후 포부, 이 분야가 가지는 가치와 전망으로 채워야 했다. 다 써두었는데도 다시 읽어보니 고칠 곳이 또 보였다. 마감하는 날 오전까지 고쳐서 겨우 냈다.

그날 오후에는 컴활(컴퓨터활용능력) 필기시험을 보러 부산상공회의소에 갔다. 날마다 있는 상시시험인데도 나랑 같은 시간에 보러 온 사람만 스무 명이 넘었다. 이십 대에서 삼십 대로 보였는데 다들 취업준비생일까, 궁금했다.

필기시험을 컴퓨터로 본다고 했다. 시험문제 중에 아날로그와 디지털 컴퓨터에 관해 묻는 게 나왔는데 '난 디지털보다 아날로그가 좋은데'라는 생각이 스쳐 갔다. OMR 카드에 컴퓨터용 사인펜 '컴싸'로 답을 칠하던 학창시절이 그리웠다.

벼락치기로 준비한 것 치고는 문제가 잘 풀렸다. 공부하는 중간에 모내기하러 변산에 다녀오고, 자기소개서도 쓰느라 시간을 많이 못 냈다. 다행히 모의고사 어플에서 봤던 문제들이 많이 나와서 평균 60점은 넘을 수 있을 것 같았다.

부산 간 김에 운전면허 학원을 알아보러 갔다. 겨울에 공동체 트럭으로 독학해서 1종 수동을 따려다가 기능시험 세 번 떨어지고서 포기했다. 2종 보통으로 바꾼 뒤로 미루다가 마음을 냈다. 김해에도 학원이 있지만, 부산 북부면허시험장 가까이에 한 시간씩 가르쳐주는 학원이 있길래 등록했다. 다음 날부터 교육을 받고 그다음 날 바로 기능시험을 치기로 했다.

학점은행제로 신청해놓은 청소년 관련 강의도 들어야 했다. 청소년지도사 자격증을 따야 하기 때문이다. 컴활 준비하느라 못 들었던 분량을 들으려면 빠듯했다. 부산에 왔다 갔다 하는 동안 들을 수 있으면 좋겠다 싶었다.

막연하게 일자리를 찾을 때보다 목표하는 곳이 생겨서 좋았다. 뒤늦게 준비하니 취업전선에 먼저 뛰어든 친구들에게 정보도 얻고 책도 받을 수 있었다. 회사 다니는 친구들에 비하면 취준생은 공부하면서 자기 계발도 할 수 있고, 눈치 봐야 할 상사도 없으니 편했다. 또 집에서 엄마가 해주는 밥 먹으면서 지낼 수 있어 다행이었다.

　나이는 스물일곱이지만 취업 준비한 지 얼마 되지 않아 불안하진 않았다. 돈 때문에 취업하는 게 아니라, 나에게 꼭 맞는 일자리를 찾기 위한 여정이라고 생각했다. '변산 공동체학교 생활 삼 년이면 어디 가서도 잘할 수 있다'라는 우스갯소리도 자신감을 북돋우는 데 한몫했다.

취업 마지노선

산림복지진흥원 인턴은 서류부터 탈락했다. 자격증 하나 없이 넣었으니 떨어질 만하다 싶지만 작은 희망을 품었던지라 서운했다. 시험 보고 자격증 공부하는 데 돈이 필요해서 여동생에게 다섯 달 무이자 할부로 백만 원을 빌렸다. 가족끼리도 돈 문제는 확실히 해야 한다는 여동생이 백만 원을 어떻게 갚을 건지 물었다.

때마침 변산에서 알고 지냈던 힘자리 이모가 마케팅 일을 제안했다. 이모가 만든 비누를 온라인 쇼핑몰에서 팔려는데, 컴퓨터를 다루는 게 익숙지 않아 도와줄 사람이 필요하다고 했다. 컴퓨터랑 인터넷만 있으면 어디서든 할 수 있고 재택근무도 가능했다. 그래서 마케팅 아르바이트를 하기로 했다.

마케팅에 대해서는 아무것도 몰라서 이모가 다니는 온라인 마케팅 공부방에 갔다. 서울에서 오신 선생님과 지역 소상공인들이 모여서 온라인 마케팅에 대해 배우고 있었다.

일주일에 한 번씩 공부방에 가서 숙제를 받아 오면 집에서 공부하면서 했다. 비누를 설명하는 상세 페이지에 올릴 글과 사진을 고치고, 쿠팡 같은 오픈마켓에 상품을 등록했다. 그리고 여러 마켓을 한 군데에서 관리하는 마켓 통합 관리사이트를 익혔다. 막히는 게 있을 때마다 구글이나 유튜브 찾아보면서 매일 네 시간씩 아르바이트를 했다.

페이스북, 트위터, 인스타그램, 티스토리 블로그에 비누 이야기를 올려 사람들에게 비누가 알려지도록 했다. 그동안 개인 SNS를 꾸준히 해왔지만, 물건을 팔려는 목적을 가지고 하니 친근한 콘텐츠를 만들기가 쉽지 않았다. 다행히 글을 쓰고, 공동체 소식지 편집도 해봐서 제법 괜찮은 결과물이 나왔다. 보름마다 통장에 오십만 원씩 꼬박꼬박 들어오니 '이 길로 가볼까?'라며 흔들리기까지 했다.

마케팅 일을 하면서 홍성 '논밭상점', 정읍 '싸리재'같이 농촌에 기반을 둔 온라인 쇼핑몰을 알게 되었다. 마을 이야기나 농산물 이야기로 꾸며진 SNS를 보면서 '저렇게 살면 얼마나 재밌을까?', '딱 내가 찾던 시골살이야!'라며 부러워했다. 촌스럽게 살고 싶은 꿈을 온라인 마케팅으로 실현할 수 있을 것 같았다.

직장생활을 해보고 싶은 마음과 시골에서 자유롭게 살고 싶은 마음 가운데 어느 하나 버리기가 힘들었다. 이전까지는 동시에 할 수 없으니 직장생활을 먼저 해보고, 안 맞으면 시골에 가리라 생각했다. 그런데 취업문턱을 넘는 길이 순탄치 않으니 자꾸 마음이 옆으로 샜다. 이러지도 저러지도 못해 밤새 뒤척였다. 양다리를 걸치면 이런 기분일까 싶었다.

직장생활과 시골살이 가운데 한 가지를 어떤 기준으로 골라야 할지 고민이 됐다. 어디서 돈을 더 많이 주는지? 내가 무얼 더 잘하는지? 가족들과 가까이 살지, 멀리 떨어져 살지? 그러다 '어떤 걸 안 해 보면 후회하게 될까?' 생각해봤다. 공부방에 가느라 시골 갈 때마다 '그냥 온라인 마케팅하면서 시골에서 사는 것도 좋겠다.' 싶지만 아직 직장생활에 대한 미련이 있다. 제대로 이력서를 넣어보기도 전에 그만두는 것도 마음에 안 들었다.

월급쟁이 생활을 해보지 않으면 후회가 더 클 것 같았다. 가족들에게 용돈도 주고 싶고, 고마운 사람들에게 맛있는 밥 한 끼도 사고 싶었다. 직장도 단순히 돈을 버는 곳이 아니라 국민들이 산과 숲을 누릴 수 있도록 해주는 곳이라 마음에 들었다.

힘자리 이모에게 마케팅 일은 직장이 생기기 전까지만 하겠다고 말했다. 다른 담당자가 구해지면 직장 구하기 전이라도 그만두겠다고 했다. 근로계약서까지 쓰고 양다리를 끝내니 속 시원했다.

전에는 하루에 아르바이트해야 할 시간이 정해져 있어 일부터 해놓고 공부를 몰아서 했다. 우선순위가 정해지니 어떻게 시간을 써야 할지 정하는 것도 한결 수월했다. 공부부터 하고 마케팅 일을 했다. 취업 준비한다는 핑계로 엄마가 해준 밥 먹으며 가족들과 있고, 적당히 아르바이트하면서 돈 걱정 없이 지냈다. 부족할 것 없는 생활을 즐기고 있던 어느 날 친구 또뚜에게 메시지가 왔다.

"취업 마지노선이 스물여덟에서 스물아홉이래. 괜히 슬펐잖아."

또뚜 역시 하고 싶은 일을 하려고 방법을 찾는 중이었다. 스물일곱 백수가 그런 말을 들으면 어두운 쪽으로 생각이 흘러가기 마련이었다. 벼랑 끝으로 몰리는 느낌이 들었다.

직장에 다닌다고 고민이 사라지는 것 같지도 않다. 직장 다니는 친구들도 하고 싶은 일과 먹고사는 일 사이에서 갈팡질팡하고 있었다. 또뚜에게 답장을 보냈다.

"생각해보면 우리가 특별히 잘못한 것도 없잖아."

또뚜는 만세를 외치는 이모티콘과 함께 답했다.

"맞아. 우린 늘 그랬던 것처럼 잘할 수 있어."

어찌 될지 모르는 앞날에 불안하고, 벼랑 끝에 몰리는 기분도 들지만 진짜 벼랑 끝은 아니었다. 고민만 한다고 답이 나올 것도 아니었다. 당장 코앞에 닥친 것부터 부딪혀보기로 했다.

한국사 시험 본 날

한국사능력검정시험이 있는 날이었다. 아빠가 시험장까지 차로 데려다주겠다고 했다. 차창 밖으로 보이는 하늘은 맑았고, 길도 막히지 않아서 쌩쌩 달렸다. 하루가 잘 풀릴 것 같은 기분 좋은 아침이었다.

차 안에서도 마무리 공부한답시고 문제집을 펼쳐서 요점정리를 소리 내어 읽었다. 그러다 터널이 나오면 어두운 데서 글자가 잘 안 보인다는 핑계로 아빠에게 말을 걸었다.

"역사를 공부해보니까 신분제 폐지나 독립운동같이 후손들을 위해 애써주신 조상님들이 많더라고. 그러면서 나는 미래 세대에게 어떤 조상으로 기억될 수 있을까 고민해봤어."

아빠는 대꾸가 없었지만 나는 애국심에 취해 열심히 말했다.

"예를 들면 '2020년대에 미세먼지가 심했는데, 그 당시 조상님들이 이렇게 해서 지금은 우리가 깨끗한 공기를 마실 수 있게 됐다더라.' 이렇게 말이야."

아빠 눈치를 살피며 말을 이어갔다.

"근데 또, 그렇게 후손을 위해 인생을 바친 분들도 자기 가족들한테는 욕먹었을지도 모르겠어. 당장 먹고살기도 바쁜데 세상을 바꾸겠다고 나섰으니 말이야."

시험장에 도착한 나는 멋쩍게 웃으며 차에서 내렸다. 시험장은 경남대학교 경영대학원이었다. 열 시에 시험이 시작됐고, 시험 시간은 팔십 분이었다. 자신이 없던 만큼 시험은 어려웠다. 정리되지 않은 역사지식들이 머릿속에 뒤엉켜 있었다. 시험 종료 15분 전부터 퇴장할 수 있었는데, 다른 응시생들이 나가는 동안 헷갈리는 문제를 붙잡고 쩔쩔매다 팔십 분을 꽉 채우고 나왔다.

시험을 시원하게 말아먹고 버스 정류장으로 갔다. 십오분 정도 기다리니 버스가 왔다. 창가 쪽 자리에 앉자마자 에어컨 바람을 막았다. 에어컨을 오래 쐬면 머리가 아프기 때문이다. 옆자리에 사람이 앉으니 시트에 닿는 허벅지와 엉덩이 쪽에 땀이 났다. 다시 에어컨 바람이 나오도록 했다. 한 시간쯤 가서 버스에서 내렸다. 창원에서 장유로 가는 버스로 갈아타야 했다.

버스를 기다리는 동안 애인과 통화를 하며 꿀꿀한 기분을 달랬다. 그런데 허벅지에 하얗고 끈적한 게 묻어 있었다. '이게 뭔가' 싶어서 손으로 떼어서 만지작만지작 해 보았다. 한참을 통화하다가 의자를 봤는데 씹던 껌이 붙어 있었다. 바지에 껌이 붙은 것도 싫지만 누군가 씹던 껌을 손으로 문질렀다는 게 더 찝찝했다.

그나마 애인한테 징징거려서 기분이 풀렸는데 껌 때문에 다시 안 좋아졌다. 버스에 내려서 집까지 가는 이십 분 동안 힘없이 터덜터덜 걸었다. 아침부터 물만 마셨더니 배가 너무 고팠다. 맛있는 걸 먹으면서 우울함을 풀고 싶었다. 그런데 같이 먹을 사람이 마땅히 떠오르지 않았다.

시켜 먹자니 일회용 플라스틱 쓰레기가 나오는 게 걸렸다. 직접 만들어 먹기로 하고 장을 봤다. 요리를 하는 동안 허기를 달래느라 자두랑 체리를 집어 먹었더니 입맛이 없어졌다. 쓰레기 안 만들겠다고 배고픈 거 참아가면서 직접 만들어 놓고는 그대로 가스레인지 위에 올려두고 소파에 뻗어 잠들었다.

엄마가 들어오는 소리에 깨서 부엌으로 갔다. 설거지하고 껌이 묻은 바지를 빨러 베란다로 갔다. 비누를 묻혀서 빨래판에 힘껏 비벼보았는데 잘 떼어지지 않았다. '아침에 나설 때랑은 다르게 진짜 되는 일이 하나도 없네.' 눈물이 나올 것 같았다. 엉엉 울면 좀 괜찮아질까 싶었지만, 시험 망친 것 때문에 운다고 동생이 놀릴까 봐 참았다.

스마트폰에서 '옷에 묻은 껌 떼는 법'을 검색했다. 냉동실에 얼려서 굳히기, 다리미로 녹이기, 물파스, 끓인 식초 등등 방법이 꽤 많았다. '그래! 이 기회에 살림 하나 배우자'라며 마음을 고쳐먹었다. 껌이 묻은 부분을 신문지에 대고 다리미질을 해주었더니 껌이 신문지에 붙어 나왔다. 여러 번 했더니 꽤 많이 떼어졌다. 껌이 떼어지는 만큼 내 기분도 풀렸다.

이전까지는 누군가 '꿈이 뭐냐?'고 물어 오면 '지구를 지키는 것'이라고 답했다. 말로는 지구를 지키겠다 하지만 몸이 편한 것을 포기하기가 쉽지 않다. 대중교통 대신 아빠 차를 타고, 더우면 에어컨을 틀고, 플라스틱 쓰레기를 만들 때마다 지구와의 약속을 어긴 것 같았다. 그렇게 주눅이 들었다가 지구를 지킨답시고 직접 요리를 하는 등 무리를 하다가 이도 저도 안 될 때면 스스로를 한심하게 여기기 일쑤였다.

그날 이후로 '삶에 주인이 되는 것'을 목표로 정했다. 에어컨을 끄고 싶은 게 환경을 지키고 싶어서인지, 에어컨 바람이 싫어서인지 살폈다. 자극적인 음식을 먹고 싶은지, 입맛에 맞는 음식을 직접 만들어 먹고 싶은지 살폈

껌이 묻은 부분을 신문지에 대고
다리미질을 해주었더니
껌이 신문지에 붙어 나왔다.
여러 번 했더니 꽤 많이 떼어졌다.
껌이 떼어지는 만큼 내 기분도 풀렸다.

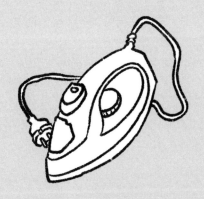

다. 내가 좋아하고 싫어하는 게 무엇인지 아는 것은 물론,
기분이 나쁠 때 어떻게 하면 괜찮아지는지 알아보기로
했다.

면접을
시작하겠습니다

한국산림복지진흥원 인턴에 지원했다가 떨어진 지 두 달 만에 두 번째 인턴 채용공고가 떴다. 진흥원에서 운영하는 산림교육 및 치유 시설이 여러 지역에 있는데 지난번과 다른 근무지에서 일할 청년을 뽑는 것이었다. 어디에서 일하든 상관없었던 나는 생각지도 못했던 기회가 주어져서 기뻤다.

두 달 동안 준비할 수 있는 건 별로 없었다. 컴활 자격증을 따긴 했지만 다른 자격증에 비해 점수가 낮았다. 한 달 만에 딸 수 있는 건 한국사능력검정시험이었다. 고등학생 때 국사 성적을 믿고 덤볐으나, 스물일곱 취준생은 열일곱 고등학생과 같지 않았다. 빽빽하게 짜인 시간표 속에서 온종일 공부만 했던 십 년 전과 다르게 내 시간을 자유롭게 쓸 수 있었다. 드라마를 보고, 늦잠을 자고, 친구를 만나고, 돈을 벌면서 열일곱처럼 공부할 수 있을 거라 믿었던 게 잘못이었다.

결국 컴활 자격증 하나 가지고 인턴 서류를 썼다. 자기소개서 항목이 지난번과 같아서 살짝만 고쳐 냈다. 그런데 웬걸. 서류 합격이 됐다. 자격증 하나 있고, 없고 차이가 이렇게 크단 말인가. 붙었다는 사실에 기뻐하던 것도 잠시, 취업 면접을 어떻게 준비해야 할지 막막했다.

면접을 준비할 수 있는 기간은 일주일이었다. 고3 남동생이 수시 접수하는 기간과 겹쳐서 어느 대학에 갈 수 있을지, 자기소개서는 어떻게 쓰면 좋을지 알려주느라 그마저도 많이 뺏겼다. 청소년지도사 보고서도 써야 했고 마케팅 아르바이트도 해야 했다.

일주일을 정신없이 보내고, 면접날이 되었다. 면접 장소는 대전 정부청사역 근처였다. 면접장에 삼십 분 일찍 도착했다. 대기실 한쪽에 자리 잡고 앉아 다른 지원자들을 구경했다. 눈을 감고 미리 써 온 대본을 외우거나, 옷매무새를 다듬거나, 물을 마시며 목소리와 호흡을 가다듬고 있었다. 대기실 안에 맴도는 긴장감 때문에 숨이 턱턱 막혔다.

여자 지원자들은 풀 메이크업에 정장 재킷과 치마를 입고, 구두에 스타킹까지 신고 있었다. 나는 흰 블라우스와 남색 바지 정도면 깔끔하다고 생각했다. 화장은 안 했지만, 빗질도 가지런히 해서 뻗친 머리도 없었다. 구두처럼 또각또각 소리가 나진 않지만 가지고 있는 신발 가운데 가장 단정한 단화를 신었다. 외모가 아닌 실력으로 평가받겠다는 내가 잘하고 있는 건지 헷갈렸다.

"면접을 시작하겠습니다. 유지향 님, 앞쪽으로 오세요." 하필 첫 순서였다. 복도에서 기다리면서 '뜻밖에 찾아온 기회이니 즐기자.' 생각했다. 다른 지원자 두 명과 함께 면접장으로 들어갔다. 면접관은 남자 두 분과 여자 한 분이었다. 왼쪽 끝에 있는 의자에 앉으며 면접관과 간단한 눈인사를 주고받았다.

첫 질문은 1분 자기소개였다. "제가 인턴이 된다면 두 가지를 약속드리겠습니다. 첫째, 톡톡 튀는 콘텐츠를 개발하겠습니다. 제게는 전공에서 배운 산림 지식과 교육공동체에서 얻은 경험이 있습니다. 이를 바탕으로 창의적인 산림교육 콘텐츠를 기획하겠습니다. 둘째, 숲을 통한 국민공감을 실현하겠습니다. 저는 숲을 좋아합니다. 숲에서 느낀 행복을 국민과 함께 느낄 수 있도록 숲의 매력을 전하겠습니다." 내 옆 지원자는 전날 받은 레이저 수술 때문에 눈물을 흘리면서 답했고, 다른 지원자는 준비해 온 답을 로봇처럼 건조하고 딱딱하지만 조리 있게 말했다.

이어서 내 장단점, 직장생활에서 중요하다고 생각되는

점, 외딴 지역에서 근무할 자신이 있는가에 관한 질의응답이 이어졌다. 정이 많고, 단호하지 못한 나, 소통이 중요한 단체생활, 시골에 내려가서 사는 동안 행복했던 삼 년에 대해 얘기했다. 마지막으로 하고 싶은 말에는 이렇게 답했다. "저는 우물 안 개구리였습니다. 제가 가진 지식과 경험이 남들과 다르게 특별하다고 여겼습니다. 하지만 인턴을 지원하면서 저를 증명할 수 있는 전문성을 하나도 갖추지 못했다는 것을 알게 되었습니다. 이 인턴이 산림교육 전문가로 나아가는 소중한 첫발이 되길 바랍니다."

예상했던 질문은 편하게 답하고, 예상하지 못했던 질문은 생각을 다듬은 뒤에 부족하면 부족한 대로 솔직하게 말했다. 면접 시간 15분은 금방 지나갔다. 끝나고 홀가분한 마음으로 대기실에 왔다. 순서를 기다리는 다른 지원자를 보니 빨리하길 잘한 것 같았다. 대기실 탁자 위에 놓인 과자를 먹으며 가족들과 애인, 친구들에게 면접을 보고 나왔다는 문자를 보냈다.

"면접 끝!"

"잘 봤어?"

"하고 싶었던 말은 다 한 것 같아."

버스 타러 나가려는데 같이 면접 봤던 여자가 다가왔

다. 면접장에서 로봇같이 말하던 지원자는 없었다. 터미널에 가는 거면 같이 가자기에 그러자고 했다. 그녀와 나는 같이 걸으면서 각자 전공이 뭔지, 자격증은 몇 개인지, 인턴 면접은 이번이 처음인지와 같은 이야기를 나누었다. 나는 그녀가 가진 스펙에 놀랐고, 그녀는 내가 자격증 하나로 서류 합격했다는 사실에 대해 놀랐다.

터미널에서 그녀는 구두 대신 슬리퍼로 갈아 신고 광주 가는 버스를 탔다. 나는 전주 가는 버스를 기다리며 생각했다. 졸업한 지 일 년도 안 된 그녀가 여기까지 오기 위해 얼마나 열심히 살았을까. 대기실에서 굳은 얼굴로 앉아있던 지원자들은 또 얼마나 간절할까. '되면 좋고, 안 되면 말지'라는 생각으로 지원했던 내가 취업의 꿈이 간절한 사람들을 기만한 것은 아닌지 되돌아보았다.

며칠 뒤 최종 합격자 명단에 내 이름은 없었다. 덤덤하게 불합격 소식을 전하니 가족들은 아쉬운 기색을 살짝 내비쳤다. 나는 준비할 시간이 더 생겨 다행이라고 생각했다. 이왕 취업을 할 거라면 진지하게 임해야겠다는 생각이 들었다.

백합나무 입학식

스물넷, 서울을 떠나 변산으로 가는 길에서 다시는 서울에서 살지 않을 거라 다짐했다. 복잡하고 삭막한 서울에서 며칠 잠깐 놀 수는 있어도 오래 살긴 힘들 것 같았다. 그런데 산림교육 분야로 취업하려다 보니 숲해설가 자격증이 필요했다. 당장 전문가 과정이 열리는 곳은 서울밖에 없었다. 숲을 배우러 대도시에 가려니 내키지 않았다. '왜 배우고 싶은 건 죄다 서울에 있는 거야!'라며 심술이 났다.

하지만 현실은 자격증이 필요한 취준생이었다. 서울살이를 않겠다던 다짐을 접고 서울에 왔다. 당장 살 집을 구하지 못해 두 달 동안 친구네에서 지내기로 했다. 승무원인 친구가 집을 자주 비워서 혼자 사는 거나 다름없었다. 친구는 편하게 지내라고 했지만 남의 집에 덩그러니 있는 게 그리 편하진 않았다.

우울해지기 전에 밖으로 나갔다. 대학로에서 '기후위기 비상행동' 집회도 나가고, '생태부엌'이라는 녹색인문학 수업도 들었다. 변산, 김해에 사는 동안 못 가봤던 여러 활동에 참여했다. 하고 싶었던 활동을 해도 생각했던 것만큼 재밌지 않았다. 길거리에 둘, 셋 짝지어 다니는 사람들과 덩그러니 혼자 있는 내가 비교됐다.

며칠 뒤, 숲해설가 전문과정 입학식 날이었다. 입학식을 두 시부터 다섯 시까지 한다고 문자가 왔다. '무슨 입학식을 세 시간이나 한담?' 고개를 갸우뚱거리며 기대 없이 집을 나섰다.

입학식은 국회의사당 앞에 있는 산림비전센터에서 했다. 엘리베이터에는 '11층 숲연구소, 37기 백합나무 입학식'이라고 적혀 있었다. 기수 이름을 백합나무라고 붙인 게 귀여웠다. 들어가자마자 이름표를 받아 목에 걸고 빈자리에 앉았다. 처음에는 인사말이나 축사 등 여느 입학식에서나 하는 것들을 했다. 축사는 열 명이 넘는 선배들이 했는데, 하나같이 행복한 얼굴로 숲을 배우는 시간이 좋았다고 말했다. 숲을 좋아하는 사람들은 어딘가 너그러운 구석이 있는 것 같다고 생각했다.

2부는 의자를 동그랗게 놓고 둘러앉았다. 서른 명의 37기 사람들 얼굴이 다 보였다. 나이 드신 분도 있고, 학생처럼 보이는 분도 있었다. 숲연구소 대표 남 박사님은 주황색 실타래를 하나 가져오시더니 자기소개를 하고 다음 사람에게 실타래를 굴리라고 알려주셨다.

그렇게 실타래를 굴리는 자기소개가 시작됐다. 전업주부인데 집 밖으로 나오고 싶었던 분, 유치원 교사인데 아이들과 숲 활동을 하고 싶은 분, 건강이 좋지 않아서 숲을 가까이하고 싶은 분, 유튜브에 숲 콘텐츠를 올리고 싶은 분, 퇴직하고 제2의 직업으로 숲해설가를 생각하는 분들의 이야기가 화기애애하게 이어졌다.

한참을 얽히던 실타래가 나에게 왔다. 실타래를 집어 들자 사람들의 시선이 내게로 모였다. 이런 자리에서 '취업하는 데 자격증이 필요해서 왔어요.'라고 하면 갑자기 분위기가 싸해질 것 같았다.

"제 이름은 지향입니다. 터 지, 누리다 향 자를 써요. 이름대로 여기저기 터를 옮겨가며 누리고 있습니다. 서울에서 대학 생활 마치고, 전라도 시골에 내려가서 삼 년 살았어요. 농사도 좀 지었는데 밭에 있을 때보다 산에서 고사리 뜯고, 달래 캘 때가 더 재밌더라고요. 나물 뜯는 것만으로는 먹고살 능력이 안 되어 숲에서 할 수 있는 다른 일 찾다가 오게 되었습니다. 이 자격증 때문에 서울 올라왔는데 입학식 분위기가 따뜻해서 좋네요. 잘 부탁드립니다."

사람들은 고사리 얘기에서 빵 터졌다. 남 박사님은 이런 청년이 있어 반갑다고 하셨다. 한 사람, 한 사람 저마다 다른 이야기를 듣다 보니 두 시간이 후딱 지났다. 자기소개가 끝나고 제비뽑기로 짝꿍을 정하고, 모둠도 정했다.

마지막으로 선배들이 준비해준 백합꽃 떡케이크에 촛불을 켜고 '입학 축하합니다' 노래를 불렀다. 단체 사진도 찍었다. 정말 축하받는 기분이 들었다. 처음 만난 사람들인데도 친근하게 느껴졌다. 취업준비생으로 지내는 동안 잃어버린 소속감을 다시 느낄 수 있었다.

그 뒤로 전문과정을 배우는 육 개월 동안 37기 백합나무 분과 함께했다. 37기에는 이십 대부터 육십 대까지 골고루 있지만 대부분 오십 대였다. 다들 먼저 다가와서 챙겨주셨다. 식당에서 밥을 먹을 때는 밥값을 내주시고, 도시락을 싸 와서 먹을 때는 과일을 챙겨주셨다. 그럴 때마다 부담스럽다는 내색을 비쳤는데, "젊은 사람들이랑 수업 들으니까 젊어지는 기분이야"라며 편하게 해주셨다. 수업시간에는 나이에 상관없이 수업이 재밌거나 어렵거나 졸렸고, 쉬는 시간마다 공감을 나눴다.

공부도 재밌었다. 청소년지도사 자격증 따려고 인터넷

강의 듣는 거랑 달랐다. 생태학, 수목생리학, 식물분류학은 대학 전공에서 배운 과목인데 인문학과 연결 지어 해석하니 새로웠다. 학교 다닐 때는 시험에 나오는 것만 요령 피워가며 공부했는데, 숲 해설을 위해 공부하니 하나라도 더 알고 싶어서 열심히 강사님 말씀을 받아 적게 됐다.

무엇보다 나무 이름, 풀 이름을 배우러 숲에 나가는 게 정말 좋았다. 초록에 둘러싸여 흙을 밟고, 나뭇잎을 만지고, 꽃과 열매를 들여다보고 있으면 시간 가는 줄 몰랐다. 산림복지진흥원에 취직하지 않고 숲해설가가 되어도 좋겠다고 생각했다.

생각했던 것보다는 서울에서도 자연을 자주 만날 수 있었다. 한강에서 자전거를 타고, 경희궁에 가서 숲을 배웠다. 청계산에서 들풀을 배우고, 파주 마장호수에서 나무를 배웠다. 애인과 종묘에 가서 커다란 소나무와 청설모를 보며 산책도 했다.

이십 대 초반에 맛집을 찾아다니고, 늦게까지 술 마실 때랑은 다른 방식으로 서울살이에 재미를 붙여나갔다. 자격증 하나 따겠다는 가벼운 마음으로 온 서울에서 어느덧 한 그루의 백합나무가 되어 새로운 꿈을 안았다.

투룸 전세 있을까요

숲해설가 자격증 공부를 하고 있는데, 여동생에게서 전화가 왔다. "언니, 나 11월에 발령 날 것 같아." 여동생은 서울 초등 임용 시험에 합격하고 김해에서 기간제 교사를 하며 이 년째 발령을 기다리는 중이었다. 다음 해 3월이나 발령이 날 줄 알았는데, 10월에 예상보다 많은 인원이 뽑힌 것이다.

"이제 내 앞에 대기자 네 명밖에 안 남았어."
"뭐? 얼른 집 구해야겠네!"

동생들과 함께 셋이서 살 집이 필요했다. 집을 구하는 일은 내 몫이었다. 대학생 때 자취방을 구해본 경험이 있으니 막막하진 않았다. 셋째가 살고 있는 원룸 보증금 6천만 원에 서울주택도시공사(SH)에서 지원해주는 보증금

4천만 원을 더하면 1억짜리 집을 얻을 수 있었다.

방 구하는 어플리케이션을 설치하고 원하는 매물 조건을 설정했다. 전세/투룸 이상/보증금 1억 원/전세자금대출 가능이라는 조건을 넣으니 깔끔한 신축빌라들이 먼저 나왔다. 가짜 매물을 거르고 나니 남은 방은 몇 개 없었다.

차근차근 살피며 괜찮아 보이는 곳을 관심 매물로 찜했다. 강북구 미아동 1억 투룸, 노원구 월계동 9천 아파트, 도봉구 쌍문동 8천 쓰리룸…. 각 매물에 등록된 연락처로 문자를 보냈다. '혹시 내일 중으로 집 보러 갈 수 있을까요?'

뜨문뜨문 답장이 왔다. '오늘 다른 분이 계약했습니다.', 'SH는 알아봐야 할 것 같은데, 집부터 보러 오시겠어요?', '저녁 일곱 시 이후로 가능합니다. 주말에는 낮에 가능하고요.' 가장 마음에 들었던 집이 이미 계약됐다 하니 다른 집도 누가 채갈 것 같았다. 어디든 밤낮 가리지 않고 가보기로 했다.

첫 번째, 주공아파트가 있는 월계동으로 갔다. 처음 가보는 1호선 월계역에 내려 마을버스를 타고 들어갔다. 월계주공아파트는 오래된 아파트였다. 현관 들어가자마자 작은방이 있고 그 옆에 낡은 화장실이 있었다. 작은방은 한 사람 누울 이부자리만 펼치면 꽉 찰 것 같았다. 붙박이장이 달린 복도 끝에는 안방이 있고, 그 앞에 좁은 부엌이 있었다. 거실이 따로 없어 안방에서 밥을 먹어야 할 듯했다.

다음은 쌍문동에 있는 집이었다. 역시나 처음 보는 우이신설선을 타고, 끝자락에 있는 솔밭공원역에 내렸다. 승무원 친구 집이 있는 동네는 10차선으로 뻥 뚫린 공항대로에 백화점과 큰 상가가 줄지어 있는데, 이곳은 작은 시장과 공원, 텃밭이 있고 안쪽에는 빌라들이 다닥다닥 붙어 있었다. '이렇게 구석진 곳에도 사람들이 살고 있었구나.' 집은 넓고 괜찮았지만 가는 길이 험했다. 좁고 어두운 골목길에 있는 집을 구했다간 동생들한테 혼날 게 뻔했다.

다음 날, 몇 군데를 더 가봤다. 마포구 공덕동, 용산구 보광동에 9천 투룸이 있었지만 가는 길이 가파르고 험난했다. 흑석동 1억 쓰리룸은 1층이라 햇볕이 잘 들지 않았다. 1억이면 충분하다고 생각했는데 서울에서 이 돈으로 구할 수 있는 집은 낡거나, 어둡거나, 언덕 위에 있는 집이었다.

서른 집을 보면 한 집은 괜찮은 게 나올 거라는 말을 들었다. 마케팅 일을 하고 숲해설 공부하는 틈틈이 시간

'당장 11월인데 1억으로 투룸을 얻는 건
무리일까? 은행에서는 돈 안 번다고
대출도 안 해주는데. 내가 구한 집이 동생들
마음에 안 들면 어떡하지.'
전철을 기다리는 사람들이 쳐다보든 말든
엉엉 울었다.

내서 집을 보러 다녔다. SH 지원 가능한 집이 없어 지쳐 갈 때쯤 여동생에게서 연락이 왔다. "언니, 나 용산구로 발령 났어!" 여동생에게 모아둔 돈이 있는지 물었다. "2천 정도 있어. 출퇴근하기 좋은 동네로 1억 2천까지 알아보자."

용산에서 가까운 노량진에 1억 2천짜리 쓰리룸이 있다기에 보러 갔다. 늦은 저녁에 혼자 집 보러 다니는 게 걱정됐는지 애인이 와주었다. 노량진역에서 한참 걸어간 곳에는 오래된 다세대주택이 있었다. 거실, 부엌, 방 모두 넓었지만, 도배와 장판은 물론 천장, 세면대, 싱크대까지 전부 새로 해야 했다. 인테리어까지 할 돈은 없기에 그 집도 포기했다.

오랜만에 만난 애인과 이야기를 더 나누고 싶었지만 피곤해서 바로 헤어졌다. 지하철 탈 기운이 없어서 역 안에 앉아 있는데 애인에게 전화가 왔다.

"잘 가고 있어요?"

"아직. 잠깐 앉아 있어요."

"많이 힘들었구나. 데려다줄까요?"

"아니에요."

"음, 집에 조심히 들어가고, 푹 쉬어요."

전화를 끊자마자 눈물이 흘렀다. '당장 11월인데 1억으로 투룸을 얻는 건 무리일까? 은행에서는 돈 안 번다고 대출도 안 해주는데. 내가 구한 집이 동생들 마음에 안 들면 어떡하지.' 전철을 기다리는 사람들이 쳐다보든 말든 엉엉 울었다.

스물하나, 처음 자취방 얻을 때가 생각났다. 그때는 부모님이 보증금을 마련해줬다. 그때도 부모님께 죄송한 마음에 많이 울었었다. 그 뒤로 여섯 해가 지났는데도 모아둔 돈 한 푼 없이 쩔쩔매고 있었다. 여동생에게 문자를 보냈다. '나 너무 속상해서 눈물 나.' 한동안 답장이 없다가 영상이 하나 왔다. 영상에는 엄마가 나와서 "딸, 걱정하지 마!" 하고 위로해주었다. 엄마 얼굴을 보고 또 울컥했지만 힘찬 목소리에 마음을 다잡고 지하철을 탔다.

다음 날, 여동생이 일할 학교 근처 부동산에 전화를 돌렸다.

"투룸 전세 물건 있나요?"

"네, 전세 1억짜리 있습니다. 언제 오시겠어요?"

반가운 마음에 당장 보러 가겠다고 했다. 오래된 주택이긴 했지만 방 두 개가 있고 부엌과 거실 공간도 넉넉했다. 꼭대기 층이라 햇볕도 잘 들고, 빨래 널 만한 베란다도 있었다. SH에서 지원받기 어려운 집이라 여동생이 전세 자금을 대출받기로 했다.

여동생이 서울에 와서 집을 보더니 바로 마음에 든다고 했다. 은행 가서 대출 상담을 하고 부동산에 갔다. 1억이 오가는 계약이 순식간에 이뤄졌다. 집 보러 다니느라 이제껏 고생한 게 허무하게 느껴졌다.

버스정류장에서 여동생과 나는 수고했다며 끌어안았다. 그리고 계약서를 들고 가족 톡방에 영상을 찍어 보냈다. "우리, 집 계약했어!" 엄마가 먼저 답장을 보냈다. "고맙다. 고맙다." 아빠는 다짜고짜 "식탁하고 의자 있는데 갖다 줄까?" 물었다. "집주인(동생)한테 물어봐." 내가 집주인도 아닌데 좋아서 웃음이 났다.

겨울이 오고 있었다. 새로운 보금자리에서 동생들이랑 같이 산다고 생각하니 서울 칼바람도 두렵지 않았다.

재택근무로 가능한 프리랜서

서울에 집이 생기니 숲해설가 자격증을 따고서도 서울에서 지냈다. 숲해설가 명함만 있고 아직 숲해설을 해보지 않았을 때였다. "무슨 일 하세요?"라는 질문을 받으면 고민이 되었다. 온라인 마케팅 일로 돈을 벌지만 그보단 글 쓰는 게 더 좋았다. 그래서 프리랜서라고 답했다.

프리랜서는 중세시대에 어떤 영주에도 소속되지 않고 자유롭게(Free) 계약에 따라 창을 들고 싸우는 기병(Lancer)을 부르는 말이었다. 요즘은 특정 소속 없이 여러 가지 일자리를 이곳으로 저곳으로 옮겨 다니며 일하는 개인 사업자라는 뜻을 가진다. 소속감 없이 이 일 저 일 하는 나를 소개하기 좋은 말이었다.

변산공동체학교를 나올 때만 해도 프리랜서가 되겠다는 생각은 없었다. 나에게 꼭 맞는 일자리를 찾기 전까지 얽매이지 않고 싶을 뿐이었다. 월간잡지 『작은책』에 글을 연재하고 원고료를 농산물로 받았다. 상주에서 나물을 뜯고, 김해에서 중학생 영어를 가르치며 용돈을 벌었다. 부모님 집에 계속 얹혀살았다면 충분했겠지만 서울에서 살게 되니 돈이 더 필요해졌다.

아르바이트로 잠깐 하려고 했던 온라인 마케팅 일을 계속했다. 마케팅은 경영이나 경제를 공부한 사람이 하는 거라고 생각했다. 숲을 전공하고 시골에 내려가서 농사를 지었던 사람이 할 만한 일은 아닐 것 같았다. 하지만 변산에서 지내는 동안 감식초비누를 쓰면서 만족했기에 좋은 비누를 파는 일이 그리 나쁘진 않을 것 같았다.

온라인 마케팅 공부방 선생님은 이렇게 말했다. '온라인 마케팅은 어려운 것이 아니라 어지러운 것입니다. 정보가 넘치다 보니 어렴풋이 느낌은 드는데 어디서부터 어떻게 시작할지 모르는 것입니다. 공부방에서는 물고기를 잡아주는 것이 아니라 잡는 법을 키웁니다.' 그렇게 마케팅에 '마'도 모르는 채로 물고기 잡는 법을 배우는 창기병, 프리랜서 마케터가 되었다.

하루 네 시간씩, 주5일 근무를 했다. 출퇴근 시간이 따로 없으니 낮에도 하고, 밤에도 했다. 컴퓨터만 있으면 집에서도 하고, 달리는 기차 안에서도 하고, 여행지에서도 했다. 공부방 수업이 있는 날은 정읍이나 홍성, 대구로 갔다. 선생님은 스스로 공부할 수 있게끔 과제를 내줬는데 하다 보면 일보다는 공부한다는 느낌이 들었다. 그렇게 '힘자리'라는 온라인 마을상점을 만들었다. 컴퓨터 언어를 배워서 쇼핑몰을 만들고, 포토샵으로 비누 사진을 만지고, 프리미어로 홍보 영상을 만들었다. 사람들이 어떻게 쇼핑몰에 들어와서 비누를 사 갔는지 추적하고 통계를 분석했다.

코로나가 시작되고, 사회적 거리두기를 하느라 마케팅 공부방도 온라인으로 수업을 했다. 컴퓨터 화면을 원격 공유하고 화상채팅으로 대화를 주고받았다. 마케팅 업무가 한 가지만 있는 게 아니라서 다양한 걸 배울 수 있었다. 코딩언어로 태그 만드는 게 막히면 영상 편집하다가, 편집이 막히면 주문확인도 하고, 게시판에 올라온 리뷰에 답글을 남기는 식이었다.

프리랜서는 출퇴근이 자유로워서 일도 얼마든지 늘릴 수 있었다. 용케도 작은 일거리가 꾸준히 들어왔다. 절임 배추 포장, 녹취록 풀기, 인터뷰, 영어를 가르치는 일이었다. 단순히 돈만 벌진 않았다. 배추를 포장하면서 여성 외국인 노동자를 만나고, 비정규직 인터뷰 녹취록을 풀면서 노동현장을 그려볼 수 있었다. 어르신들이 살아온 이야기를 듣고 정리하면서 근현대사를 배울 수 있었고, 영어를 가르치면서 나도 공부할 수 있었다.

사회적 거리두기를 하느라 돈 쓸 일이 줄긴 했지만 장보고, 관리비 내고, 휴대폰 요금도 내야 했다. 일이 들어오는 대로 다 했다. 각자 다른 보람을 주는 일이라고 욕심내다 보니 체력이 달리는 걸 느꼈다. 코로나로 '힘자리'도 매출이 줄어서 일하는 시간을 줄이기로 했다.

통장 잔고는 쪼들리지만 하루는 훨씬 넉넉해졌다. 배우고 싶었던 '인디자인' 편집 프로그램을 배우고, 글쓰기도 다시 시작했다. 한강에 나가 산책하고, 집에서 요가도 했다. 김해에 내려가서 가족들과 시간을 보낼 수도 있게 되었다.

기력이 돌아오니 다시 일 욕심이 스멀스멀 올라왔다. 엄마랑 쑥 뜯을 때면 '상주에서도 한창 나물 뜯고 있을 텐데 거기나 가볼까' 하는 생각이 들었다. 하고 싶은 일을 하겠다던 초심이 흔들렸다. 그럴 때마다 마케터 일과 글쓰는 일에 더 재미를 붙이려고 했다. 프리랜서(freelancer)로서 창을 더 예쁘고 단단하게 갈고 닦겠다며 마음을 다잡았다.

거름 화분

서울 집에서 세 번째 계절을 보내고 있었다. 같이 사는 여동생의 휴대폰 벨소리가 울렸다.

"어~ 이 감독~"

동생 친구, 이 감독이었다.

"낮에 파스타를 만들어 먹었는데, 재료가 많이 남았거든. 내일 너네 집에서 파스타 해 먹자고."

동생이 반가워하며 답했다.

"그래!"

전화를 끊고, 동생은 이 감독이 집에 와도 되는지 허락을 구했다. 나는 통화 내용을 못 들은 척하며 그러자고 했다.

이튿날 아침이 밝고, 우리는 손님 맞을 준비를 했다. 청소를 하고 식탁 위에 꽃병도 바꿨다. 열두 시쯤, 이 감독이 묵직한 가방을 들고 들어왔다. 가방 안에는 양송이, 파프리카, 방울토마토, 어린 잎채소 등이 있었다. 두 사람이 부엌에서 요리하는 동안 마실 거리를 준비하고 피클을 꺼냈다.

구운 바게트와 파스타, 리조토, 화전에 민트에이드까지 풍성한 식탁이었다. 맛있는 음식을 얻어 먹었으니 설거지는 내가 하겠다고 했다. 두 사람은 커피를 마시러 나갔다. 설거지를 마치고 싱크대 거름망을 꺼냈다. 양파, 마늘 껍질, 파프리카 씨, 방울토마토 꼭지, 먹다 남은 피클, 에이드에 들어갔던 민트 잎, 짧은 파스타면이 보였다.

거름망에 있는 것들을 꺼내 물기를 빼고 통에 담았다. 삽과 분무기를 들고 일 층으로 내려갔다. 집 밖에는 화분이 여러 개 있는데 가장 작은 게 우리 거였다. 다른 화분에는 대파나 상추가 자라고 있지만 우리 화분은 휑했다. 뭘 키우는 화분이 아니라 거름 화분이었다.

가져간 음식물을 넣으려고 모종삽으로 흙을 팠다. 집게벌레가 기어 다니고, 하얀 구더기도 꿈틀거렸다. 날파리가 얼굴에 날아들고 이상한 냄새도 났다. 지난주까지 개미 한 마리 없었는데 날이 더워져서 그런가 하고 삽으로 더 쑤셔보았다. 안쪽에 썩어가는 고기가 있었다. 동생 생일에 미역국 끓이고 남았던 소고기였다. 채소나 과일 껍질은 알아볼 수 없을 만큼 거의 썩었는데 고기는 버릴 때 덩어리 그대로 지독한 냄새를 풍기고 있었다.

음식물을 더 넣으면 안 될 것 같았다. 찌푸린 얼굴로 살충제 스프레이를 뿌리듯 미생물 발효액을 뿌렸다. 가지고 내려갔던 음식물을 들고 계단을 올랐다. 이웃집 사람들이 싫어하면 어떡하지? 동생이 거름 화분을 치우라고 하면 어쩌지 고민이 되었다. '흙이 묻은 채로 음식물 쓰레기봉투에 담아도 되나, 씻어서 담아야 하나? 벌레들도 같이?' 고작 한 층 올라오는 사이에 오만 생각이 다 들었다.

집에 들어와 노트북을 켜고 초록창에 '친환경 거름', '음식물 구더기'를 검색했다. 직접 거름을 만들어본 사람이 쓴 글이 나왔다. 읽어보니 거름 만드는 게 보통 일이 아니었다. 일주일에 한 번은 뒤적여주고, 마른 풀이나 낙엽을 넣어서 수분을 조절해줄 필요가 있었다. 나처럼 시행착오를 겪은 분들도 있어서 위로가 됐다.

고기는 거름으로 만들기 어렵다는 걸 알게 됐다. 분해하는 데 오래 걸릴뿐더러 썩을 때 냄새가 고약하고 벌레가 잘 꼬이기 때문이었다. 그 와중에 구더기는 굉장한 능력을 갖추고 있었다. 이 먹보들은 엄청난 양의 음식을 해치울 수 있는데, 일 킬로그램 구더기가 네 시간 동안 먹을 수 있는 폐기물이 이 킬로그램이나 된다. 구더기가 생긴다고 마냥 싫어할 게 아니었다.

빈 통과 삽을 들고 다시 나갔다. 삽으로 흙을 뒤적여 썩은 소고기 덩어리를 찾았다. 덩어리 안에서 구더기 하나가 얼굴을 내밀었다. 구더기가 지나간 자리가 깨끗해진다는 걸 알고 나니 징그럽지 않았다. 구더기는 흙에 넣어주고 고깃덩어리만 건져 쓰레기봉투에 넣었다.

거름 화분은 음식물 쓰레기 줄이고, 비닐봉투 덜 쓰려고 만들었다. 찌꺼기로 나오는 것도 대부분 유기농이라 거름으로 만들면 좋겠다고 생각했다. 베란다 텃밭에 직접 만든 거름을 넣고 상추와 고추를 키울 생각에 신이 났다. 음식물 쓰레기봉투를 쓸 때는 봉투를 가득 채울 때까지 냉동실에 보관했다. 거름 화분을 만든 뒤로는 바로바로 버릴 수 있어 좋았다.

음식물을 모으기만 한다고 거름이 뚝딱 만들어지는 게 아니었다. 나 좋자고 다른 사람한테 피해가 갈까 봐 주눅이 들었다. '냄새나면 어쩌지. 구더기가 자라서 파리가 되면 어쩌다.' 그렇다고 베란다에 가져오면 동생이 싫어할 테니 밖에 두고 며칠 더 지켜보았다. 이전까지 음식물을 넣고 방치했다면 이번엔 신경 써서 물기를 조절해주었다. 공터에 가서 마른 풀을 가져왔다. 벌레가 늘어나지 않길 바라며 화분 안에 넣었다. 그리고 하루에 한 번씩 흙을 뒤

이웃이 지렁이를 주고,
나도 미생물을 나눠주면 좋을 것 같았다.
거름 화분부터 친해지고 볼 일인 것 같다.

적여줬다. 며칠 지나니 냄새가 덜 나고 벌레도 줄었다.

변산에서 살 때도 거름을 만들기는 했다. 음식물이나 똥을 거름터에 갖다 붓기만 할 뿐 어떻게 거름이 되는지는 관심 없었다. 직접 겪어보니 궁금한 점이 생기고, 구더기와 지렁이, 미생물, 발효 공부까지 하게 됐다.

거름 만들면서 겪었던 시행착오를 나눌 수 있는 이웃이 가까이 있었으면 하는 바람이 생겼다. 이웃이 지렁이를 주고, 나도 미생물을 나눠주면 좋을 것 같았다. 길가에 화분 놓고 상추, 고추, 토마토를 키우는 동네 할머니들께 거름은 어떻게 주시는지 여쭤보는 상상을 했다. '나중에 좋은 거름 만들어서 드리겠다고 하면 좋아하시려나.' 기대가 앞섰다. 일단 동생이랑 거름 화분부터 친해지고 볼 일인 것 같다.

나의 코르셋

처음 여성주의, 페미니즘을 접했을 땐 불편함이 앞섰다. 이슈가 되는 짧은 글과 사진만 보면 페미니스트는 너무 과격해 보였다. 2016년 강남역 사건과 2017년 미투운동이 불거지고 나서야 여성주의를 들여다보게 되었다. 여성주의 책을 읽으면서 인간은 누구나 소수자이며, 어느 누구도 모든 면에서 완벽할 수 없다는 걸 알게 되었다. 지역, 학력, 외모, 장애, 성적 지향, 나이 등에 따라 누구나 한 가지 이상 차별을 겪게 될 수 있었다. 내가 가지고 있던 성 역할, 정상성이 얼마나 보수적인지 깨닫고 한참을 부끄러워했다.

여성주의를 책으로 배워가던 중에 SNS에서 페미툰을 그리는 작가님을 알게 되었다. 그리고 작가님이 운영하는 책 모임에 들어갔다. 책『탈코르셋 : 도래한 상상』을 읽고 이야기를 나누는 모임이었다. 그리고 나의 코르셋을 마주하게 되었다.

　내게는 여동생 두 명이 있다. 사람들은 우리 세 자매의 외모를 평가했다. "어릴 때 우리 지향이가 제일 예뻤는데, 갈수록 와이랗노." 어디가 왜 그런지 살피기 위해 거울을 보며 동생들과 다른 점을 찾았다. 겉으로 드러나지 않은 속쌍꺼풀, 뾰족한 턱과 길쭉한 얼굴이 보였다. 동생들은 나보다 쌍꺼풀이 짙고 동그란 눈을 가지고 있었다. 스스로 못생겼다고 단정지었다.

　성형수술을 하지 않고 동생처럼 예뻐지는 건 불가능한 일이었다. 더군다나 스스로 '못생긴 사람'이라고 생각하니 어떤 옷과 머리 스타일을 해도 마음에 안 들었다. 중학생 때 치아교정을 하고, 안경까지 쓰면서 더욱 외모에 자신감이 없어졌다. 예쁜 건 동생에게 넘기고 다른 칭찬을 받으려고 애썼다. 동생들보다 착하게 굴고 열심히 공부했다.

　다행히 학교 성적이 잘 나왔다. 공부를 잘하는 것은 꾸미는 일을 게을리하는 데 좋은 핑곗거리가 되었다. 당시 학교에서 열심히 꾸미는 애들은 '노는 학생'이었기 때문이다. 사람들은 내가 공부밖에 몰라서 외모에 관심이 없는 줄 알았다. 옷도 엄마가 사주는 것, 그 가운데에서도 동생이 안 입는 옷만 입었다.

열심히 공부한 덕에 서울대학교에 들어갈 수 있었다. 스무 살부터라도 열심히 꾸미면 동생을 따라갈 수 있다고 생각했다. 안경을 쓰지 않는 게 예쁘다기에 라섹 수술을 했다. 흰 머리를 감추려고 탈색과 염색을 했다. 날마다 다른 옷을 입기 위해 옷을 샀다. 수능 이후에 쉬지 않고 과외해서 모은 돈을 꾸미는 데 다 썼다.

2년 뒤 동생도 서울에 왔다. 나보다 화장도 잘하고 옷도 잘 입었다. 내가 산 옷보다 동생이 산 옷이 더 예뻐 보였다. 지금 와서 보면 동생이 어울리는 옷과 내가 어울리는 옷이 다른데도 나는 동생이 입은 그대로 다음 날 입고 나갔다. 동생을 따라 하다 보니 내게 어울리는 것을 찾는 것이 어려워졌다. 다시 꾸미는 걸 게을리하게 되었다.

그리고 변산에 갔다. 농사를 짓는 시골에서는 대체로 화장을 하거나 예쁘고 불편한 옷을 입지 않았다. 내가 꾸미지 않아도 눈치 줄 사람이 없었다. 그저 땀 흘려 일할 뿐이었다. 농사일이 처음이라 서툴렀지만 일을 못해도 괜찮았다. 젊은 사람이 귀했던 시골에서 나는 청년이라는 것만으로도 귀염받을 수 있었다.

그렇게 삼 년 동안 화장하지 않고, 작업복만 입었다. 정말 편했다! 변산공동체학교를 나와서 내 몸을 불편하게 하던 과거로 돌아갈 수 없었다. '촌스러움을 사랑하는 사람'이라는 좋은 핑곗거리가 생겼다. 여전히 몇몇 가족들은 나와 동생을 비교했지만 '나는 나고, 걔는 걔야'라며 휘둘리지 않게 되었다.

탈코르셋 책을 읽으면서 이제껏 '모범생', '촌스러움'이라는 방패 뒤에 숨었던 나를 마주했다. 겉으로는 꾸미지 않지만 잘 꾸밀 자신이 없어서 숨었던 거였다.

책모임에서 여자 아이가 틴트 살 돈이 없어서 싸인펜으로 빨간 입술을 그린다는 이야기를 들었을 때 속상해서 눈물이 났다. 긴 머리를 휘날리며 치마를 입고 다녔던 내게 책임이 있다고 느꼈다.

다음 날 곧바로 머리를 짧게 잘랐다. 투 블럭을 하고 셔츠와 바지를 입었다. 여자인지 남자인지 구분할 수 없는 겉모습이 마음에 들었다. 여자는 긴 머리를 해야 된다는 코르셋에서 벗어나니 짜릿했다. 겉모습뿐만 아니라 순종 코르셋에서 벗어나 태도까지 진정한 탈코르셋을 하기로 했다. 지나치게 미안하거나 고마워하며 착하게 굴지 않고 나대로 당당하게 살 용기가 생겼다.

새벽이답게,
나답게

서울 집을 구하고 처음 맞는 봄이었다. 삼월부터 쌍살벌이 한 마리씩 베란다에 들어왔다. 베란다 창문이 고정되어 있어서 방충망을 열어 내보낼 수 없었다. 먹을 게 없어서 그런지 하루쯤 창문 근처를 서성이다 죽었다.

쌍살벌은 꿀벌처럼 쏘았을 때 아프지도 않고, 말벌처럼 사납지도 않다길래 무섭진 않았다. 오히려 나가지 못하고 헤매는 녀석들이 안타까웠다. 그러던 어느 일요일 아침에 베란다에 나가보니 쌍살벌 수십 마리가 있었다.

벌을 무서워하는 동생이 119에 신고를 했다. 듬직한 소방대원이 무려 일곱 분이나 오셔서 약을 뿌리고 벌집이 있는지 확인해주셨다. 동생은 안심했고 나는 죽은 벌과 죽어가는 벌을 모았다. 하나하나 세어보니 백다섯 목숨이었다.

백다섯 명(命)이 끊어진 건 한순간이었다. 변산에서 족 제비 습격을 받아 하룻밤 사이 떼죽음 당했던 닭들이 떠올랐고, 즐거운 여행길에 바닷속으로 영영 잠겨야 했던 세월호 사건 희생자들이 생각났다. 그때마다 내가 할 수 있는 건 없었다. 고개를 파묻고 울기만 했다.

"어쩔 수 없었잖아."

"좋은 곳으로 갔을 거야."

곁에 있는 사람들의 위로에도 슬픔은 쉽사리 가라앉지 않았다.

벌에 대해 찾아보던 중 『동물의 생각에 관한 생각』이라는 책에서 쌍살벌 이야기가 나왔다. 꼬마쌍살벌은 얼굴의 무늬 차이를 인식해서 상대를 구별한다고 했다. 내 눈에는 다 똑같은 '쌍살벌'이었지만 실은 다른 얼굴과 무늬를 갖고 있었다. 이름만 없을 뿐, 그들끼리는 서로에게 이미 고유한 존재였다.

만화 〈나의 비거니즘 이야기〉는 큰 위로가 되었다. 단순히 벌이 죽은 게 아니라 이 세상에 존재했던 백다섯 목숨이 한순간에 사라졌다는 슬픔을 공감해주는 시선이 있었다. 그렇게 비거니즘을 알게 되었다.

영화 〈옥자〉에서 이름을 가진 돼지를 보고도 삼겹살을 먹고, 변산에서 키우던 닭을 직접 죽이고도 닭곰탕을 먹었다. 닭의 숨통을 직접 끊는 순간에 느꼈던 숨결과 체온은 아직도 기억이 날 만큼 생생하지만, 사람을 위해 키워지는 동물이 죽는 것은 당연하다고 생각했다. 잔인하긴 했지만 안타깝지는 않았다.

이 세상에 있는 어떤 생명도 죽기 위해 태어나지 않았다는 걸 알게 되었다. 먹는 것, 입는 것뿐만 아니라 화장품과 약품까지 이제껏 얼마나 많은 비인간 동물을 착취해왔는지 알게 되었다. 더 이상 알기 전으로 돌아가기 어려웠다. 안 먹는 게 아니라 못 먹게 되었다. 못 입고, 못 쓰게 되었다.

변산에서 소와 닭을 키우면서 가까이 봤기에 소와 닭이 가진 생명력을 구체적으로 떠올릴 수 있었다. 하지만 내가 만난 돼지는 마트 진열대나 식탁 위에 '고기'로 올려져 있거나, 정육점 앞에 돼지 캐릭터로 존재할 뿐이었다.

살아 있는 돼지를 만나고 싶어서 '새벽이생추어리'(구출된 돼지 '새벽이'의 피난처sanctuary)에 갔다. 그곳에는 축산업에서 공개 구조된 새벽이가 있었다. 2020년 4월, 비건 지향을 시작하고 5월에 새벽이가 생추어리•에 발을 내딛었다. 그해 7월 새벽이가 첫 생일을 맞이하던 날 편지를 썼다.

● 위급하거나 고통스런 상황에 놓여 있던 동물, 야생으로 돌아가기 힘든 동물을 위해 평생, 온전하게 살아갈 수 있도록 보호하기 위한 공간. 피난처.

"무더운 여름에 태어난 새벽아. 가을, 겨울, 봄을 잘 지내고 다시 여름을 맞았네. 같은 날 태어났던 네 형제나 친구들은 봄은커녕 제대로 된 햇살도 못 느꼈다 보니, 무사히 일 년을 살아낸 네가 참 고맙구나. 봄이 지나면 여름이 오는 것처럼 내게는 너무나 당연한 일들이 네겐 특별한 일이 되어버려서 미안한 마음이 들어. 그래도 기쁜 날이니까 세상이 조금씩 나아지고 있다고 믿어보려 해. 새벽이를 만나서 돼지가 진흙 목욕과 산책을 얼마나 좋아하는지 알게 됐어. 누군가 한 살이 되었다는 사실에 이렇게 감격스럽긴 처음이야. 지금처럼 건강하게 세상을 누리길 기도할게."

새벽이에게 아침과 저녁밥을 챙겨주고, 진흙 목욕을 할 수 있도록 집을 가꿔주고, 새벽이가 어떤 존재인지 알리다 보니 어느새 활동가 '새생이'가 되어 있었다. 새벽이와 두 번째 봄, 여름, 가을, 겨울을 만나는 동안 실험동물이었던 돼지 '잔디'도 만났다. 새벽이가 새벽이답게, 잔디가 잔디답게 사는 모습을 보고 있으면 나도 나답게 살 수 있을 것 같은 용기가 생겼다. 비인간 동물이 인간의 필요에 의해 태어나고 죽임을 당하는 게 아닌, 자기 삶을 온전히 누릴 수 있는 세상이라면 인간 동물도 세상의 아름다움을 누릴 수 있을 거라고 믿는다.

내 일터는 숲

열세 살 무렵, 일요일 아침마다 '제발, 비 오게 해주세요'라면서 눈을 떴다. 비가 오면 산에 가지 않았기 때문이었다. 당시 아빠, 엄마는 부산에서 지내고, 우리 사남매는 할머니와 김해에서 지냈다. 일주일 동안 떨어져 있다가 온 가족이 만나는 일요일, 그때마다 다 함께 뒷산 용제봉에 올랐다.

집을 나설 때는 툴툴거렸지만 숲으로 들어가면 언제 그랬냐는 듯 콧노래가 나왔다. 목적지 약수터까지 오르면 물을 마시고, 훌라후프와 줄넘기를 했다. 동생들과 함께 솔방울을 던지며 술래잡기도 하고, 계곡에서 물놀이도 했다.

뒷산에 다녀온 뒤, 목욕탕에서 때를 미는 것까지가 일요일 일정이었다. 아빠와 숲길을 걸으면서, 엄마와 때를 밀면서 일주일 동안 못다 한 이야기를 나눴다. 그렇게 진한 하루를 보내고 나면 새로운 일주일을 보낼 힘이 났다.

커서 보니 뒷산에 가는 게 아빠, 엄마가 돈 들이지 않고 우리 사 남매와 놀 수 있는 좋은 방법이었던 것 같지만 덕분에 4년 동안 철마다, 해마다 바뀌는 숲을 가까이했다. 계곡이 말라가고, 입구에 골프장이 들어서는 모습도 지켜보았다.

숲에 대한 호기심과 사랑을 가지고 최고의 숲 전문가가 되기를 꿈꿨다. 열심히 공부해서 원하는 대학에도 갔다. 임학(林學)을 전공하면 말라가는 계곡을 살릴 수 있을 거라 생각했지만, 임학과에서 다루는 숲은 목재, 임산물 등 자원을 생산하는 수단에 가까웠다.

전공 공부 대신 스스로 배움을 찾으러 나섰다. 졸업을 앞둔 4학년, '지속 가능한 생태마을'이라는 주제로 한국, 인도, 일본에 있는 생태공동체를 탐방하고 논문을 썼다. 말로만 숲을 지킬 것이 아니라 손과 발로 지켜야겠다고 생각했다.

졸업하고서 변산공동체학교로 갔다. 논밭에서 농사짓는 것도 좋아했지만 산과 숲이 더 재미있었다. 봄철에 산에서 고사리 뜯고, 달래 캐고, 찔레 순 따 먹는 건 매일 해도 질리지 않았다. 자연에서 절로 난 것을 먹을 만큼만 가져다 먹는 게 좋았다. 겨울에 땔감 나무하러 산에 갈 때도 좋았다. 삶과 이어져서 숲을 만나니 즐거웠다.

　나물 뜯는 일을 했던 곳도, 처음 이력서를 낸 곳도 숲이었다. 숲을 따라가다 보니 숲해설가가 되어 있었다. 정장 대신 가볍고 편한 옷을 입고, 구두 대신 등산화를 신고 매일 숲으로 출근한다. 숲학교에서 일주일에 한 번, 혹은 한 달에 한 번 정기적으로 숲에 오는 아이들을 만나고 있다. 출근길 버스 안에서 아이들과 지난 시간에 어떤 이야기를 나눴는지 곱씹어본다. 변산공동체학교에서 아이들과 함께 지낸 덕분에 어린이와 다정하고 편안하게 인사를 나누는 게 익숙하다.

　맑은 공기가 가득한 숲에 들어서면 아빠와 함께 올랐던 용제봉 입구가 떠오른다. 그때 내가 이렇게나 숲을 좋아하게 될 줄 몰랐던 것처럼 나랑 숲에 가는 아이들도 모를 거다. 어린 지향이가 숲에서 재미난 추억을 많이 쌓았던 것처럼, 아이들에게도 즐거운 기억을 많이 심어주고 싶다.

　아이들이 머리가 짧은 나를 보고 "여자예요? 남자예요?" 물으면 싱긋 웃으며 되묻는다. "글쎄. 내가 여자일까? 남자일까?" 나이에 따라 다르게 말하지만 여자다운 것과 남자다운 것은 없다고, 지금 모습 자체로도 잘 어울리고 멋지다고 이야기해준다.

　매일 숲으로 갈 수 있어 행복하다. 지구를 구하겠다던

꿈에 한 걸음 다가가고 있는 것 같다. 아이들에게 풀과 나무, 흙과 물, 곤충까지 우리별 지구를 이루는 어느 것 하나 하찮은 것이 없다는 걸 즐거운 놀이로 알려줄 수 있어 기쁘다.

2부

나의 자양분,
공동체

샌드페블즈

한 아이를 키우려면 온 마을이 필요하다는 아프리카 속담이 있다. 세상 앞에서 나답게 홀로 서기까지 나를 품어준 마을, 내 밑거름이 되어준 공동체들이 있다.

집을 떠나 혼자 서울에 가야 했던 스무 살에겐 안정감을 줄 소속이 필요했다. 학과 선배와 동기들이 아직은 낯설게 느껴졌던 입학 전, 신입생 카페에 올라온 동아리 소개 글을 기웃거리며 몇 군데 찜을 해두었다.

고등학교 졸업식을 치르고 며칠 뒤, 나는 속초의 한 리조트에 있었다. 새내기 배움터, 일명 '새터'라고 부르는 2박 3일짜리 신입생 환영회에서 둘째 날 저녁을 먹은 뒤였다. 과별로 색깔을 맞춘 후드티를 입고서 사열 종대로 앉아 무대를 보고 있었다. 새내기가 준비한 연극이 끝나고, 단과대학 동아리 공연이 이어졌다.

불에 달궈진 '모래와 자갈'처럼 점점 흥이 달아오르고,

마지막 순서에 밴드 '샌드페블즈'가 나왔다. 수시 합격생 오리엔테이션 때 만났던 언니가 건반 앞에 있었다. 무대가 시작되자마자 나는 한눈에 반했다. '이런 게 대학생이구나!' 옆에 앉은 친구를 따라 리액션 호흡을 맞추던 모습은 온데간데없고, 어느새 맨 앞줄에서 건반 언니를 보며 열광하고 있었다.

'샌페 키보드 언니'에게 푹 빠진 채로 집에 돌아오니 아빠가 신문을 보여주며 말했다. "여기가 너네 단과대 밴드라는데?" 샌드페블즈 40주년 기념 콘서트 기사였다. 제1회 대학가요제 우승을 안겨준 〈나 어떡해〉 덕분에 샌드페블즈는 강산이 변한 뒤에도 이름을 날리고 있었다. 실력도 좋은데, 유명하기까지 하다니 콩깍지가 제대로 씌었다.

입학하고 얼마 지나지 않아 '샌페' 오디션을 보러 갔다. 사진 동아리 선배에게 밥도 얻어먹었지만, 사진전보다는 새터 무대가 더 멋있어 보였다. 열 살까지 피아노학원을 다니며 체르니40까지 쳤지만, 그 뒤로 십 년 동안 피아노는 안중에도 없었다. 사십 년 전통을 가진 밴드에서 연주 실력보다 성실함을 사주신 덕분에, 오디션에 합격하고 샌페 40대 키보드가 될 수 있었다. (우리는 1기, 2기라고 부르지 않고 1대, 2대라고 불렀다.)

지하 2층 주차장에 마련된 연습실 벽 한쪽에는 가훈이 붙어 있었다. '우리는 가족이다.' 처음 한 달 동안은 이 말이 현실이 될 줄 몰랐다. '당대'가 된 4월부터 학기 중에는 월화수목금 저녁 세 시간, 방학 중에는 월화수목금 여덟 시간씩 일 년 동안 혹독한 연습이 이어졌다. 중고등학생 시절 내내 도서관 책상 앞에서 얻어 낸 끈기가 지하실 건반 앞에서 빛을 발했다.

선배님들이 연습실을 방문하실 때면 뒤풀이 술자리가 밤새 이어지기 일쑤였다. 공통 관심사를 가진 사람과 술자리가 얼마나 즐거운지, 사십 년 넘게 이어온 전통이 어떻게 세대 차이를 줄여주는지 배웠다. 밖에서 우릴 보고 '농생대 샌페과'라 부를 정도로 함께 보낸 시간이 길었던 덕분에 40대 멤버들은 물론 선배, 후배들과 진짜 가족이 되었다.

일 년 당대 생활과 일 년 매니저 생활을 하면서 꼬박 두 해를 지하 2층에 바치고 나니, 과에서 내 별명이 '유지하'가 되었다. 지하 2층 붙박이로 지내는 동안 단순히 연주 실력만 키운 것은 아니다. 음악을 들을 때 노래 가사뿐만 아니라 드럼, 기타, 베이스, 건반 등 악기 소리를 따로 또 같이 들을 수 있게 되었다.

뿐만 아니다. 동아리 회장을 하면서 서류를 작성하고,

행사 총괄을 맡으며 준비하고 기획하는 법을 배웠다. 학과 사무실 (행정 실세)선생님께 열심히 인사하니 동아리 행사를 할 때 수월한 면이 있었다. 사십 년 전에 이 동아리를 만드신 선배님들과 함께 공연을 하면서 사회생활하는 법도 익혔다.

삼십 분 공연을 하려고 왜 몇백 시간 공을 들여야 하는지, 실전에서 100%를 보여주려면 연습에서는 120% 준비해야 하고, 예상치 못한 상황에서의 위트와 임기응변이 얼마나 중요한지 배웠다. 아무리 작은 공연이라도 무대 뒤에 가려진 시간들을 알기에 함부로 평가하지 않는다.

연습 마치고 뒤늦게 과 술자리에 가는 내게 2차, 3차 이동할 때마다 연락을 주는 과대표에게서 다정한 리더십을 배웠고, 아마추어 공연에도 꽃다발을 준비하는 친구에게서 위대한 우정을 배웠다. 지하 연습실에서 얻은 경험이 내 손과 발, 귀와 입, 몸과 마음에 스며 있다.

해피투게더

열여덟 살에 '삼성-동아 열린장학금'을 받았다. 어려운 환경에서도 미래의 꿈을 위해 노력했던 '열린장학생'이 대학생이 되면 '해피투게더 봉사단'(해투봉)에 들어가서 받은 만큼 사회에 돌려주는 기회를 얻을 수 있었다.

해투봉 단원으로 전국에 있는 대학생들과 함께 봉사활동을 하며 사 년을 보냈다. 탈북 청소년과 문화교류하는 활동을 주로 했다. 샌드위치를 만들어 먹고, 영화를 보고, 운동회를 하는 것만으로는 그들과 깊은 우애를 다질 수는 없었다. 다만, 그들의 관심사도 나와 크게 다르지 않고 비슷한 고민이 있다는 걸 알 수 있었다.

여름이면 농촌에 가서 일손을 도왔다. 시골에서 일해본 적 없는 도시 청년들이 할 수 있는 건 비닐 걷어내기 정도였다. 2박 3일 비닐쓰레기 좀 치운다고 큰 일손이 되진 않았지만, 어르신들께 염색해드리고 안마해드리는 동안에는 마을회관에 활기가 가득했다.

겨울이면 달동네에 가서 연탄을 날랐다. 연탄 이천 장을 나르는 것보다 얼굴에 연탄 묻히고 남긴 인증 사진이 더 중요했다. 그럼에도 서울에 이렇게나 가파른 길이 있고, 아직도 연탄으로 겨울을 나는 이웃이 있다는 것을 알 수 있었다.

학교 밖에서 만나는 새로운 경험에 대한 욕심은 끝이 없었고, 다른 대외 활동도 많이 했다. 평창스페셜올림픽 대학생 서포터즈로 활동하면서 지체 장애인들의 축제, '스페셜올림픽'을 홍보했다. 직접 스케이트 선수를 만나러 훈련장에 가고, 경기 현장을 담으며 기사와 영상을 만들었다.

새싹 멘토가 되어 저소득층 고등학생들에게 공부를 가르쳐주기도 했다. 재단에서 봉사활동 지원비를 주기도 했지만, 과외 수입에 비할 바는 아니었다. 돈을 받고 성적을 올려주는 과외 선생님보다 공부는 물론 고민 상담도 해 줄 수 있는 멘토가 더 보람 있었다. 지하철을 한 시간씩 타고 가서 만난 남고생들은 대학생이 되어서도 스승의 날에 연락을 주었다.

대외활동이 스펙을 빌미로 대학생들의 열정을 착취한다는 걸 안다. 지금 대학생에게 활동을 많이 하라며 부추

겨울이면 달동네에 가서 연탄을 날랐다.
연탄 이천 장을 나르는 것보다
얼굴에 연탄 묻히고 남긴 인증 사진이
더 중요했다.
그럼에도 서울에 이렇게나 가파른 길이 있고,
아직도 연탄으로 겨울을 나는 이웃이
있다는 것을 알 수 있었다.

기고 싶진 않지만, 봉사활동이 주는 기쁨과 행복은 누려 봤으면 좋겠다. 지금도 생계를 위한 경제활동 이외에 대가를 받지 않는 활동을 이어가고 있다. 지체장애인을 대상으로 숲 해설을 하고, '새벽이생추어리'에서 비인간 동물의 권리와 지위를 향상하기 위한 활동과 돌봄을 한다.

당장 우리 동네 이웃도 살피기 어려운 서울에서 탈북민, 농부, 어르신, 달동네 주민, 지체장애인, 저소득층 학생들을 일부러 찾아가지 않으면 마주치기 어렵다. 안 보인다고 해서 이 사회에 없는 존재가 아니기에 기회가 닿을 때마다 만나려고 한다.

국민의 세금으로 대학에서 좋은 교육을 받았다는 것만으로도 사회에 환원할 몫이 분명히 있다고 생각했다. 언제 기후위기로 인류가 멸망할지 모르는데 나중에 여유가 될 때 갚겠다고 미룰 수 없었다. 갚겠다는 건 명분이고, 더불어 사는 세상이라야 나도 행복하고 안전할 수 있다고 믿는다. 언제 내가 난민, 장애인, 저소득층이 될지 알 수 없다. 다 같이 행복할 때 더 큰 행복을 누릴 수 있다고 믿기에 '해피투게더'는 계속되고 있다.

행복을 위한 선택

대학 4학년 때 '지속가능성'이라는 가치를 연구한답시고 변산공동체학교를 찾아갔다. 처음 인터뷰하러 갔던 9월, "도시에 사는 것 자체가 환경 파괴"라는 말을 듣고 충격을 받았다. 이제껏 텀블러와 장바구니를 들고 다니면서 환경을 생각한다고 으스댔던 내가 부끄러웠다. 비닐, 제초제, 화학비료 없이 농사를 짓고 자급자족하는 이곳에는 집 안에 가전제품이 없었다. 식탁은 마트에서 식재료를 사서 준비한 것보다 훨씬 풍성했고, TV와 컴퓨터 없이도 충분히 재밌는 저녁시간을 보낼 수 있었다. 자급자족 시골 생활에 꽂혀버린 나는 11월, 다음 1월에도 3박 4일씩 공동체에 갔다.

대학 졸업하고는 아예 공동체에서 살아보기로 마음먹었다. 주변에선 취직이나 대학원 공부가 아닌 시골 생활을 택하게 된 이유에 대해 물었다.

"샴푸나 세제 대신 천연 비누를 쓰고, 화장실에서 휴지 대신 신문지를 구겨 쓰는 데야. 직접 살아보지 않으면 후회할 것 같더라고."

자연과 가까이 살아보고 싶었고, 당장 실천하지 않으면 안 될 것 같았다.

공동체에서 식사당번 보조를 맡았을 때였다. 식사당번은 공동체 사람들의 세 끼와 새참을 챙기고, 부엌과 식당을 관리했다. 변산공동체는 집집마다 부엌이 없는 대신, 공동 부엌과 공동 식당이 있다. 요일별로 공동체 식구들끼리 돌아가면서 식사당번을 했다. 나는 보조로 메인 식사당번 이모를 도왔다.

평소엔 일곱 시도 일어나기 힘든데, 식사당번 하는 날엔 여섯 시가 되기도 전에 눈이 떠졌다. 그날도 '꼬끼오' 하는 소리에 눈을 떠서 시계를 보니 다섯 시 반. 스마트폰을 쓰지 않던 시절이라 알람이 따로 없었다. 전날 저녁 아홉 시가 되기도 전에 잠을 청하길 잘했다 싶었다.

밥을 먹는 식당과 밥을 하는 부엌 건물이 따로 있었다. 해 뜨기 전에 식당 불을 때고 부엌으로 건너가서 아침을 했다. 30~40인분의 밥과 국을 해서 다시 식당으로 가져갈 때 바라본 풍경은 정말 아름다웠다. 새벽 동이 트는 것을 매주 바라보며 해가 길어지고, 짧아지는 계절의 변화를 세세하게 느낄 수 있었다.

점심, 저녁거리로 필요한 식재료를 찾으러 텃밭으로 갔다. 밭에서 건강하게 자란 시금치를 캐고 그 자리에서 다듬었다. 싱싱한 시금치와 직접 담근 장맛 덕분에 된장국과 나물은 환상이었다.

부엌에서 손질하고 남은 채소들은 모두 닭밥이 되었다. 해 질 무렵, 하루 동안 나온 짬밥을 들고 닭장에 갔다. 내게 몰려드는 닭들 앞에서 줄까 말까 밀당하는 재미가 쏠쏠했다.

저녁 설거지와 뒷정리까지 모두 마치고 나오면 하늘에 별들이 예쁘게 반짝였다. 별은커녕 하늘조차 볼 일이 없던 서울 살 때와 비교가 되었다. 밭일, 부엌일 한 번 하지 않았던 내가 30인분의 밥을 해내고 닭들의 끼니까지 주고 있다니! 스스로 감탄했다.

작은 보람과 기쁨이 별처럼 많은 동네에서 '행복하다'고 자신 있게 말할 수 있었다. 변산살이 한 달 만에 확신이 생겼다. 지금 이 순간에 감사하고, 남이 아닌 내가 진정으로 행복해하는 모습을 볼 수 있었다. 변산에서 지내기로 한 게 내 행복을 위한 후회 없는 선택이었다고 말할 수 있다.

가장 좋아하는
한 가지

할머니가 나를 볼 때마다 하는 얘기가 있다. "돈이 모자랐는지 지향이는 국물만 먹고 동생한테 어묵을 주더라." 내가 어릴 적에 할머니와 시장에 갔다가 분식집에 있는 나와 여동생을 보신 적이 있었는데, 이 얘기를 들으면 동생은 "또 그 얘기 하신다!"며 질겁한다.

다른 종류 아이스크림을 여러 개 사다 주면 동생들이 먼저 고른 뒤에 남은 것을 먹었다는 얘기도 하신다. 한 가지를 찜해두었는데 동생이 가져가버리면 속상하니까 차라리 아무거나 갖자고 생각하는 게 편했다. 그렇게 남이 먼저 고르고 남는 걸 갖거나, 주는 대로 받는 데 익숙해졌다.

학교 다닐 때는 공부나 동아리같이 실적이 쌓이지 않는 건 쓸모없다고 여겼다. 쉬는 시간마다 친구들이 동방신기나 슈퍼주니어, 소녀시대 뮤직비디오를 보는 걸 이해하지 못했다. 선생님 눈을 피해 화장이나 염색을 하고, 교복 안에 입는 흰 티셔츠를 어떻게든 다른 디자인으로 입고 와서 자기 개성을 표현하는 것도 다 쓸데없는 짓이라고 생각했다.

그렇게 십 대를 보내고 스무 살, 성인이 되었다. 어른이 되자마자 내 취향과 개성이 바로 찾아질 리 없었다. 선배가 밥 사준다고 메뉴를 고르라고 할 때마다 먹고 싶은 게 없어서 난감했다. 직접 시간표를 짜느라 강의 고를 때는 다른 친구들이 듣는 인기 강의를 따라 들었다. 막상 들어보니 관심 분야가 아니라서 재미가 없었다. 이런 내가 밋밋해 보이고 답답해서 마음에 들지 않았다.

스물넷, 졸업 후 진로만큼은 '가장 좋아하는' 일을 찾고 싶었다. 학교 연구실, 유전공학회사, 환경재단에서 짧은 인턴생활을 해보았는데, 각각의 장단점이 있어서 하나를 고르지 못했다. 남은 이십 대 동안 이것저것 경험하면서 천천히 찾아보기로 했다.

졸업하자마자 가장 해보고 싶던 자급자족 생활을 하러 변산공동체에 왔는데 웬걸! 여기서 취향이 하나씩 생겼다. 먼저, 나는 빵보다 떡을 좋아한다. 새참으로 떡이 나오면 신이 나서 입이 귀에 걸렸다. 나중에 밥 먹을 배를 비워두지도 않고 끝까지 먹어서 '떡순이'라는 별명이 붙었다. 방앗간에 맡기지 않고 직접 떡을 만들어보고 싶어서 증편을 만들기도 했다. 밤중에 두 시간에 한 번씩 일어나서 아랫목에서 부푼 떡 반죽을 휘휘 저어주는데, 그때 설렘은 아직도 잊지 못한다.

또, 화장하지 않은 민낯이 좋다. 팔자주름에 화장품 자국이 생길까 조심할 필요 없이 마음껏 웃을 수 있고, 화장 지워질 걱정 없이 땀 흘릴 수 있다. 전에는 화장 안 하면 어디 아프냐는 소리를 들었는데 지금은 건강해 보인다는 말을 듣는다. 봄볕에 나가 일하는 동안 주근깨와 기미가 잔뜩 생겼지만 가리고 싶지 않다. 화장으로 만들 수 없는 나만의 스타일이 생겼다. 한 번씩 가족들 만나러 집에 가면 "지향이 얼굴 많이 까매졌네. 촌년 다 됐구먼!" 하는데 그 말이 듣기 좋아서 까무잡잡한 얼굴로 하얀 이를 드러내고 씩 웃었다.

취미도 생겼다. 보름달이 뜬 날 '이런 밤을 그냥 보낼 수는 없다'며 친구가 마을 모정에 데리고 나가서 달그림자를 보여줬다. 그날 이후로 달빛이 훤한 날이면 밖에 나가 달을 보았다. 달빛 아래에서 맥주를 마시고, 보고 싶은 사람과 전화통화를 했다. 벚꽃이 피는 봄엔 내소사 전나무 숲길에서 벚꽃 구경을, 여름밤엔 마당에 누워 별똥별을 기다리며 벌레소리를 들었다. 일하느라 지쳤어도 달을 보면서 하소연하거나 소원을 빌고 기지개를 한 번 쭉 켜고 나면 몸도 마음도 개운해졌다.

어쩌면 내가 좋아하는 것들이 도시에서는 쉽게 만날 수 없는 것들일지도 모르겠다. 이전에 살았던 서울 관악구 봉천동에는 떡집보다 빵집이 많았다. 집 앞에 잠깐 나갈 때도 화장을 하고 나가는 게 예의였다. 화려한 간판과 가로등 불빛에 가려 달빛은 느낄 수도 없었다.

도시에서는 매일 새로운 것들이 쏟아져서 가장 좋아하는 하나를 찾기 어려웠다. 친구들을 만나면 한번 가봤던 식당보다는 새로운 맛집을 찾아갔다. 옷이나 화장품도 유행이 지나면 쓰기 부끄러웠다. 무조건 새것이 좋은 줄만 알았다.

시골에서 살면서 '가장 좋아하는 하나'들이 생겨났다. 떡을 너무 좋아해서 밥도 떡밥으로 짓는다고 놀림 받기도 했다. 떡 먹은 만큼은 일을 해야 했는데 잘 밤에 달구경하며 돌아다니느라 일찍 못 일어났다. 그 바람에 채소밭에서 벌레도 못 잡고, 물도 못 준 적도 있다. 공동체에서 지내면서 가까이에 두고 오래 보다 보니 취향을 자연스럽게 찾을 수 있었다. 촌스러운 것들을 같이 좋아하고 즐길 줄 아는 사람들이랑 함께 있었기에 더 찾기 쉬웠는지도 모르겠다.

손님에서 식구하기

공동체에서 지내는 사람은 손님과 식구로 나뉘었다. 농사일은 손님, 식구 구분 없이 함께 하지만 식구들은 농사일 외에도 식사, 청소 등 공동체 일을 했고, 필요한 물건이 있으면 공동체 돈으로 살 수 있었다. 손님으로 3박 4일 혹은 그 이상을 겪고 나면 식구가 될 수 있었다. 공동체에서 식구로 살다가 근처로 나가 살면 독립 식구라고 불렸다. 공동체 주변 마을에는 독립 식구들이 많이 있었다.

공동체에서 지낸 지 삼 개월이 되었을 때만 해도 나는 손님이었다. '세상에! 이렇게 자연과 가까이에서 지내는 곳이 있다니!' 온통 신기하고 즐거웠다. 밖에서 농사짓는 것도, 가전제품 없는 집 안에서 생활하는 것도 새로웠기 때문에 적응하기만도 바빴다. 거기에 욕심은 많아서 닭장은 물론 소집(외양간)도 기웃거리기 일쑤였고, 두부부터 비누까지 직접 만들어보고, 바느질, 글쓰기, 책 읽기 모임까지 열심히 나갔다.

백일 손님으로 있는 동안 그저 공동체 식구들의 삶을 체험해보는 것이었기 때문에 고민 없이 그저 하라는 대로 했다. 제대로 못 해도 처음이니까, 손님이니까 식구들이 이해해주고 배려해줬다. 지나가다 만난 이웃 어르신들이 날 보고 누구냐고 식구들에게 물어볼 때 '새 식구'라고 소개할 때면 괜히 부담스러웠다. 백일 동안 발만 살짝 담가보고 빠지려고 했는데 양체가 된 것 같아 찔렸다.

약속했던 백여 일이 지난 후, 공동체에서 발을 쏙 빼고 나와 서울로 돌아왔다. 또래들처럼 취업준비하며 영어 점수를 만들고 스펙을 쌓았다. 매일 몸 놀리며 지내다가 머리만 굴리려니 답답했지만 그건 둘째였다. 스무 해 넘게 부산, 서울 같은 도시에서 살아놓고선 고작 3개월 동안 지낸 농촌이 뭐 그리 몸에 익었던지 서울에서 부딪히는 온갖 게 불편하고 낯설었다.

옆 건물 공사하는 소리로 아침을 맞이해서, 양변기에 앉아 어정쩡한 볼일을 보고, 마트에서 사 온 것들로 반찬을 해 먹었다. 하루 종일 에어컨 쐬며 컴퓨터 앞에 앉아 영어를 보고, 창문으로 들어오는 현란한 불빛과 자취방 냉장고 모터 돌아가는 소리 속에서 잠들어야 했다. '적응하면 괜찮아지겠지'라며 꾹 참고 버텼다. 그러다 한 번씩 변산에 가면 그렇게 마음이 편하고 좋을 수가 없었다. 변산에서 지낸 석 달과 그 후에 서울에서 지낸 석 달을 비교해보며 '나는 농촌에 사는 게 맞구나'라고 결정했다.

그해 8월 말, 공동체 식구로 들어갔다. 식구(食口), 진짜 한솥밥을 먹게 된 입이 된 것이다. 생활하는 것은 비슷한데 손님일 때와는 꽤나 많은 부분이 달라졌다. 앞으로 계속 살 곳이라고 생각하니 구석구석 안 보이던 게 보이고 공동체를 잘 가꾸고 싶어졌다. 아이들 또한 잠깐 보고 마는 사이가 아닌 마음을 쓰게 되는 동생들이 되었다. 제 시간에 나와서 일만 하고 들어가던 손님에서 미리 나와서 새참과 연장을 챙겨서 다른 손님을 챙겨야 하는 주인이 되었다.

손님으로 적응해온 것과는 다르게 식구로서 살아가는 공동체는 새로웠다. 공동체 안에서 일어나는 일들에 대해 같이 고민하고 손님을 맞이하는 방법을 익혔다. 또 축제를 준비하는 일은 자투리 시간을 들여야 하는데 시간 관리를 못해 일상이 흔들리기도 했다. 손님이었다면 쫓겨나지 않기 위해 필사적으로 관리를 했을 텐데, 식구가 됐다는 느슨한 마음에 게으름을 피우기도 했다. 공동체라는 톱니바퀴가 잘 굴러갈 수 있도록 하는 주인의식이 차츰

생겨났다. 손님에서 식구가 되는 동안 책임지는 마음을
배울 수 있었다.

나무 공부

공동체에서 나무 심는 작업이 있었다. 작업하러 가는 아저씨들이 "어이, 나무 전문가! 우리 나무 심을 건데 거기 흙 상태가 어떤지, 어떻게 심으면 좋은지 와서 좀 알려 줘 봐"라고 말하셨다. 대학 4년 동안 산림자원학 전공생으로 나무와 숲에 대해 공부를 하긴 했다. 식물분류, 산림생태, 산림경영, 산림정책, 산림공학 등 산림과 관련한 수업을 들었지만 대부분 강의실 안에서 글로 배우고, 그나마도 벼락치기로 공부해서 한 학기가 끝나면 머릿속에 남는 것이 없었다. 실습으로 가지치기, 나무 옮겨심기, 접붙이기를 딱 한 번씩만 해봤다. 어떤 나무가 목재로서 경제적인지 분석도 하고, 고로쇠 수액을 채취하는 산촌 주민들의 어려움을 듣기도 했었다. 학교 다닐 때는 다른 전공에 비해 실습을 많이 다닌다고 자부했는데, 변산에서는 아무것도 모르는 허당이었다.

하루는 잔가지 하는 법을 배우러 뒷산으로 갔다. 제일 먼저 해야 할 일은 칡끈 만들기였다. 질긴 칡끈을 낫으로 베어다가 두 팔 길이 정도로 잘랐다. 그리고 숲속으로 들어가 떨어진 잔가지들을 주워 적당한 크기로 부러뜨리거나 톱질해서 가지런히 모았다. 그런 다음 잘라 온 칡끈으로 단단하게 묶어 일륜차에 실어 옮겼다. 굵은 잔가지도 뚝뚝 부러뜨리고, 모인 잔가지를 무릎으로 내리찍으며 칡끈으로 동여매는 시범을 보여주는 선배 식구는 정말 멋있었다.

다음 날, 같이 잔가지를 하던 공동체 동생이 나무에 기대어서 멍때리고 있는 나를 보고 말했다. "언니, 나무 물 먹는 소리 들어봤어요?" 그리고 옆에 있는 나무에 귀를 대보라고 했다. 설마 하며 귀를 대본 나무에서는 꼬록꼬록 소리가 들렸다. 하늘로 향한 초록 잎사귀까지 땅속에서 마신 시원한 물을 올려보내는 꿀꺽꿀꺽 물 마시는 소리였다.

강의실에서 나무의 뿌리, 줄기, 잎이 각각 어떤 역할을 하고 광합성과 호흡 작용이 어떻게 일어나는지를 배웠었는데 실제로 나무가 물을 먹고 있는 소리를 내 귀로 들으니 너무 신기했다. 그리고 잔가지들이 귀찮은 일거리에서 하나의 생명체였다는 사실을 깨닫고 하나하나 귀하게 느꺼졌다.

　공동체 처음 왔을 때부터 집 앞에 장작이 쌓였길래 아무 생각 없이 가져다가 방을 데웠었다. 내가 해다 놓은 나무도 아니었고, 아궁이에 넣고 있는 게 무슨 나무인지 관심도 없이 그저 내가 누울 곳이 따뜻해지길 바라며 불을 뗐다. 직접 구해온 잔가지 묶음을 들고 돌아온 저녁, "오늘은 소나무 장작 2개, 감나무 장작 2개, 잔가지 4개, 솔잎 조금!"이라며 정성스레 불을 뗐다 나무에서 수증기가 뿜어져 나오는 것을 바라보며 '저 나무도 열심히 물을 마셨겠구나' 하며 꼬록꼬록 소리를 떠올렸다.

　직접 해 온 나무로 뜨끈하게 데워진 방바닥의 온기를 느끼며 잠들었던 그날 밤, 밤새 공부하고 A학점을 받았던 날보다 훨씬 더 뿌듯했다. 다른 식구들에 비하면 한참 모르는 허당이고, 고작 그 정도로 보람을 느끼냐며 우스움을 샀을 거다. 하지만 학교 동기들 앞에서는 자랑할 수 있을 것 같다. 학교에 있을 때보다 더 능숙한 톱질은 물론 조선낫질까지 했다고, 살아 있는 나무 공부를 했다고.

뒷간의 추억

도시에서만 생활하던 내가 변산에서 가장 적응하기 힘들었던 것은 뒷간에서 볼일 보기였다. 처음엔 낯선 곳에서 볼일 보기가 어려워 일주일 동안 한 번도 못 가다가 나중엔 날마다 하루를 뒷간에서 열었다.

그런데 어느 봄날, 볼일을 보고 일어날 때마다 지붕 틈 사이로 푸드덕 하는 소리가 들렸다. 뒷간 벽을 나무로 지은 데다가 틈이 많아서 통풍이 심하게 잘 되는 게 거슬렸는데 '지붕 틈이 얼마나 넓으면 새가 지나다니나' 싶어 보수 공사를 빨리 해 달라 해야겠다 생각했다.

그날도 어김없이 푸드덕 소리가 나서 '어쩜 매일 이렇게 같은 시간에 지나가나' 싶어 뒤를 돌아봤는데 어깨높이 정도 되는 선반 구석에 새 둥지가 있었다. 그 안에는 조그만 새알 여섯 개가 들어 있었다. 세상에나. 우리 집 뒷간에 둥지를 튼 새 가족이 있다니! 지극히 자연 친화적인 공동체 환경에 감탄하며 알을 들여다보고 있으니 나를 경계하는 것처럼 밖에서 들어올까 말까 하는 새가 날고 있었다. 밖으로 나와 멀찍이 떨어져서 바라보니 주먹만 한 크기의 검정, 노랑, 흰 깃털을 가진 새가 뒷간 옆에 있는 나무에서 둥지를 지키고 있었다. 화려한 깃털을 가진 걸 보고 수컷이라고 짐작했다.

식당으로 가서 새 도감을 찾아보았다. 흰눈썹황금새, 솔딱새과 종류의 하나였다. 생김새는 물론 4월 중에 짝짓기를 하고 여섯 개 정도의 하얗고 갈색 반점이 있는 알을 낳는다는 것이 딱 들어맞았다. 열흘 정도 알을 품으면 새끼가 태어나고, 그 새끼들을 보름 정도 키운다고 적혀 있었다. 뒷간에 새로운 가족이 생겼다는 사실을 몇몇 식구들에게 알렸더니 식구들이 한 명씩 와서 구경했다. '사람이 많이 드나들어서 어미 새가 스트레스를 받는 건 아닐까' 하고 걱정도 했지만 어미 새는 꿋꿋이 알을 품으며 둥지를 지켰다. 그날 이후 뒷간에 들어갈 때마다 알을 품고 있는 어미 새에게 미안하다 말하고 얌전히 볼일을 보고 나왔다.

그렇게 열흘이 지나고 다음 날 아침, 마침내 세상 밖으로 나온 여섯 아기 새를 만났다. 깃털도 제대로 나지 않은 새끼들이 꼬물거리는 모습은 경이로웠다. 냄새나는 뒷간에서 태어나게 한 것이 미안하기도 하고, 이런 곳에서 알을 깨고 나와준 게 고맙고 감동스러웠다. 둥지를 떠나게 되는 날까지 무사할 수 있도록 지켜주고 싶었다. 다른 새가 근처로 오면 쫓아버리고 밤공기가 차가운 날이면 혹시나 필요할지도 몰라서 마른 솔잎들을 둥지 옆에 가져다 놓기도 했다.

아기 새들은 하루가 다르게 쑥쑥 자랐다. 깃털도 나고, 고개 들고 소리 내는 모습은 정말 기특했다. 어미 새가 먹이를 물어다 와주길 기다리며 눈도 못 뜨고 짹짹거리는 녀석들을 보며 뭐라도 해줄 수 있는 게 있을까, 싶어 고민했다. 방 청소하다가 나온 벌레나 식당이나 부엌에서 떨어진 낟알을 챙겨다 둥지 옆에다 두고 왔다. 짹짹거리는 모습을 혼자 보기 아까워서 동영상으로 찍어 자랑하기도 했다.

아기 새들이 태어난 지 일주일쯤 되는 날이었다. 운산리에서 마을 어르신들을 모시고 가는 관광여행에 다녀와야 했다. 뒷간에 들를 시간도 없이 아침 일찍 나가서 하루 종일 집을 비웠다. 관광 다녀온 다음 날 아침, 오랜만에 아기 새들을 볼 생각에 들뜬 마음으로 뒷간에 가보았다. 같은 자리에서 둥지를 지키고 있는 아비 새를 보고 기분 좋게 뒷간 문을 열자 둥지 자리가 비어 있었다.

깃털도 제대로 나지 않은 새끼들이
꼬물거리는 모습은 경이로웠다.
둥지를 떠나게 되는 날까지
무사할 수 있도록 지켜주고 싶었다.

바닥에는 마구 파헤쳐진 둥지와 죽은 아기 새 두 마리가 있었다. 다른 아기 새들과 어미 새는 보이지 않았다.

눈앞에 벌어진 장면을 믿을 수 없어서 두 손으로 눈을 가리고는 "어떡해"만 되뇌었다. 뒷간을 나와 멍하게 서 있다가 D를 만났다. 아기 새 안부를 물어봐서 죽었다고 말하니 뱀이나 고양이가 그랬을 거라고 했다. 유난스럽게 굴었던 나 때문에 그렇게 된 것 같아서 죄책감이 들었다. 나도 이렇게 슬픈데 아기가 죽어가는 걸 본 어미와 아비가 얼마나 마음이 아팠을지 헤아리니 미안함이 더 커졌다.

이것도 자연의 법칙이라고 받아들이고 나서야 보내줄 마음이 섰다. 다시 뒷간으로 들어가 눈물이 나려는 걸 꾹 참으며 망가진 둥지에 죽은 새를 담아두고 뒷간 청소를 했다. 공동체 어린이 식구가 자기도 참새가 죽은 걸 보고 묻어준 적이 있다며 같이 묻어주자고 했다. 반쯤 핀 민들레를 캐다가 무덤가에 심으며 꽃으로 피어나서 둥지 바깥세상을 구경하라고 했다.

매일 아침 애정과 관심을 듬뿍 줄 수 있는 존재가 있어 행복했던, 비슷한 새 소리를 들을 때마다 아팠던 4월이었다. 화장실 보수 공사를 하고 나면 흰눈썹황금새 둥지의 흔적은 완전히 사라지겠지만 홀씨가 되어 세상 구경을

하고 있을 아기 새들을 떠올리며 뒷간의 추억을 기억할
것이다.

문학의 밤

산과 들, 하늘 모두 제빛을 뽐내는 11월이었다. 가을의 아름다움을 시로 느껴보는 '문학의 밤' 행사가 있었다. 어른, 학생 식구 상관없이 자작시를 써 오거나 좋아하는 시를 낭독해도 되었다. 중학생 때 부모님 앞에서 시 한 편 암송하고 용돈받던 기억, 고등학교 문학 시간에 반 친구들과 다 같이 소리 내어 시를 읽었던 기억이 떠올라 반가웠다.

자작시를 쓰려다 보니 가을을 억지스럽게 바라보고 있었다. 울긋불긋한 단풍, 익어가는 감, 높고 푸른 하늘 같은 풍경들을 보면서 있는 그대로 아름다움을 느끼기보다 '이걸로 한 번 써볼까?' 하며 글감으로 연결하는 것이다. 그러다 보니 주인공만 있고 채울 수 있는 이야기가 없었다. 결국 뜸만 들이다가 전날까지 아무것도 쓰지 못했다. 참가를 원하는 사람은 종이에 이름과 작품 수를 적어야 했는데 이름을 못 쓰고 머뭇거렸다.

문학의 밤이 열리는 전날, 달빛이 좋아서 산책을 하다가 밤에 대해 이런저런 생각들이 떠오르게 되었다. 도시에서는 빼곡하게 서 있는 가로등과 24시간 켜져 있는 간판 불빛 때문에 달빛이 어떤지 알지 못했다. 가끔 밤하늘을 올려다보아도 달이 무슨 모양인지 보거나, 운 좋게 별이 보이면 몇 개 있는지 세어보는 게 다였다.

하지만 공동체 주변에는 달빛 말고는 다른 불빛이 없다. 깜깜한 밤에 익숙하지 않은 나는 늘 손전등을 켜고 다녔다. 그러다 이따금 달빛이 밝은 날에 손전등 없이도 다닐 수 있게 되었다. 이제는 달빛이 좋다고 잠들지 못하는 지경까지 이르게 되었으니, 시골의 밤을 사랑하게 된 거다.

이렇게 '밤'에 대한 생각과 느낌이 마구 떠오르니 후다닥 시가 쓰여졌다. 혼자 읽을 게 아니다 보니 순서도 바꿔보고 낱말도 다르게 써보며 문학의 밤을 하는 직전까지 다듬었다. 그리고 참가자 명단에 이름을 올렸다.

각자 앞에 촛불을 켜고 둘러앉으니 꽤나 분위기가 있었다. 옆에서 바둑 두느라 바둑알 굴리는 소리에 이웃 아저씨의 술주정까지 더해져 조금 산만하긴 했지만 배경음악도 있고 나긋나긋 시를 읊으니 정말 '가을'다웠다.

작품 속에 각자의 인생과 가치관이 묻어나는 게 좋았다. 결혼생활과 농사일에 대한 생각, 아이를 생각하는 마음, 바닷가 모래를 보고도 울컥하는 감성 모두 진심인 게 느껴졌다. 겨울을 기다리는 아이들의 시는 얼마나 눈처럼 깨끗하던지. 같이 살아가면서 대화가 아닌 방법으로도 그 사람을 알 수 있다는 게 신기했다. '나는 그저 예쁜 것만 보고 느끼며 사는구나' 싶기도 했다.

촛불을 앞에 두고 시를 읽는, 조금은 오글거리고 투박한 시간이었지만 이 또한 공동체라서 가능했던 거라 소중했다. 공동체에서 느끼는 것들을 기록으로 남기는 방법으로 시를 알게 되어 기뻤다. 수확하느라 바쁘게 일만 하고 지나갔을 가을을, 새롭게 느낄 수 있어 좋았다. 이런 자리를 어떻게 하면 자연스럽게 만들어나갈 수 있을까 즐거운 고민이 생기기도 했다.

시골 밤

유지향

뜨문뜨문 서 있는 가로등 불빛 사이로

잠든 우리 아기 깰까 봐

별들마저 속닥속닥 속삭이는 밤

쉬―이― 바람과 나뭇잎의 반주 위에

노래하는 풀벌레 합창단의 자장가 들으며

송아지 병아리도 꿈꾸는 밤

안개 너머 산자락에 둘러싸여

밝은 달빛 조명 아래

함께 걷는 너와 나의 그림자 연극이 펼쳐지는 밤

능력자 왕관
내려놓기

공동체 오기 전까지 나는 소위 '능력자'였다. 어린 시절, 학교에서 전교 일등은 물론 피아노, 서예, 미술학원에서도 늘 칭찬받는 학생이었다. 학급 반장을 하면서 교실 꾸미기나, 체육대회, 스승의 날 같은 행사를 할 때는 우리 반이 최고가 되도록 만들었다. 그러면서도 싸가지 없는 모범생이기는 싫어서 청소할 때는 제일 더럽고 힘든 곳을 찾아가고, 공들여 필기한 교과서와 공책들을 친구들에게 빌려주었다. 선생님께도 친구들에게도 무슨 일이든 똑 부러지게 잘하는 학생이었다.

그리고 서울대학교에 들어갔다. 학교 정문 '샤'에서 ㄱ은 공부, ㄷ은 동아리, ㅅ은 사랑이라며 대학 생활은 이 세 가지만 잘하면 된다는 우스갯소리가 있었다. 세 가지 중 공부로는 도저히 능력자 간판을 유지할 수 없을 것 같아 학점이 아닌 다른 두 가지에서 능력자가 되기로 했다.

캠퍼스 커플도 하고, 밴드 '샌드페블즈'에 들어가 매일 합주를 했다. 그러면서도 학과 동아리 '나무지기', 다른 학교 학생들과 하는 '해피투게더봉사단', SNS로 활동하는 '직업탐방 블로그 기자단', '평창스페셜올림픽 대학생 서포터즈'를 했다. 학교 안팎 가리지 않고 다양한 활동에서 한 자리씩 맡아서 각 단체들을 이끌어가며 스펙왕이 되었다.

졸업하고 공동체에 들어와 보니 몸 쓰는 일은 아무것도 모르는 '허당'이었다. 산림을 전공했으면서도 산에 가서 톱질 한 번 해본 적 없었다. 어설프게 힘만 잔뜩 들어간 톱질을 한 탓에 가지고 있는 장갑들은 엄지손가락마다 구멍이 났다.

양파밭, 마늘밭, 감자밭…. 밭마다 두둑 모양도 다르고, 나 있는 풀도 다르고, 때마다 풀이 자란 정도도 달라서 호미질은 늘 낯설고 어려웠다. 분명 똑같이 시작해서 쉬지 않고 호미를 움직였는데도 다른 식구들이 한 두둑을 다 끝내가는 동안 나는 몇 발자국 못 나갔다. 결국 다른 식구들이 내가 있던 두둑으로 와서 같이 해야 겨우 끝냈다. 처음 하는 사람들은 다 못 하는 줄 알았는데, 손님으로 온 사촌동생이나 친구들을 보면 나보다 빠르고 잘했다.

몸 쓰는 일만 못 하는 줄 알았는데, 책 읽기, 글쓰기도 꽝이었다. 대학시절, 과제가 아니면 책을 손에 잡지 않았다. 철학, 인문학을 공부해 봐야겠다는 생각도 없었다. 대학(大學)에서 큰 배움을 하지 않았다.

공동체에서 월요일마다 책 읽기 모임을 했는데, 내용에 대해 생각해보고 토론하는 연습이 되어 있지 않아 늘 다른 사람 하는 말에 끄덕이기만 했다. 궁금하면 책을 더 찾아 읽어야 하는데 습관이 배어 있지 않았다. 공동체 도서관 책 정리를 하면서 읽어본 책이 없다는 게 부끄러웠다.

매달 하는 글쓰기 모임에서는 너무 많은 주제로 추상적인 글을 쓴다는 이야기를 들었다. 머릿속에 떠도는 생각들을 SNS에 짧게 쓰기만 했지, 솔직한 내 생각을 드러내지 않았다. 그러다 보니 한 가지 주제를 가지고 구체적으로 써본 적이 없었던 것이다.

내가 무언가를 못 한다는 것을 처음 알게 되었다. 무슨일이든 안 해서 못 하는 거지, 하면 잘한다고 생각했었다. 능력자는 무슨! 여기선 해도 안 되는 것투성이었다. 공동체 학생 식구들하고 있을 때마다 늘 토끼눈이 된다. '우와! 그거 뭐야?', '이거 어떻게 하는 거야?' 아이들은 잔뜩 신기해하는 나를 놀렸다.

아이들이 '서울대 나와도 허당이네'라며 놀리는 게 싫지 않았다. 오히려 아는 척, 잘난 척하지 않아도 되니까 편했다. 이제는 대놓고 허당 이미지로 자리 잡아서 아이들이 내게 뭘 맡기지도 않고, 어쩌다 하나 잘하는 게 있으면 '이런 걸 다 하네'라며 칭찬을 듣는다.

농사일을 할 때에는 공동체 식구들이 대놓고 다른 밭으로 보내기도 한다. "지향 씨는 느리니까 여기 오면 안 돼요." 손이 느리다는 말에 주눅 들어 있을 때면 '느려도 제대로 하는 게 중요하다'며 '빨리 하느라 밭을 대충 매면 그 자리에 풀이 금방 다시 난다'고 토닥여주는 식구도 있다. 서서히 못 하는 게 있다는 걸 받아들였다. 처음엔 조금이라도 도우려고 애썼는데, 나중엔 내가 못 해도 잘하는 다른 사람이 빈 곳을 채우면 되니까 크게 문제삼지 않았다.

"뭐든 잘 할 수 있어요"라고 말하던 내가 공동체에 와서 "그건 할 줄 몰라요"라고 말할 수 있게 되었다. 뭘 좀 못 한다고 해서 남들이 나를 미워하는 게 아니었다. 잘해야만 예쁨받는 줄 알았는데, 빈 구석이 있으니 오히려 더 편하게 대해준다. 내가 잘하는 것과 남이 잘하는 게 다르다고 받아들이니까 함께 어울릴 수 있었다. 일을 잘 못하는 사람을 만나도 무시하기보다 이해해줄 수 있는 마음도 생겼다.

공동체에서 맞이하는 세 번째 계절이 지나가는 어느 날, 택배 포장을 하고 있는 내게 이모가 '제법 빨라졌다'고 말해준 적이 있다. 그러고 보니 다른 식구들이 어려워하는 쌀 소포장도 아무렇지도 않게 척척 하고 있었다. 할 줄 모르는 일투성이에서 이제는 "쌀 소포장은 제가 할게요"라고 할 수 있게 된 것이다. 능력자 왕관을 내려놓고, 차근차근 경험치를 쌓아 레벨업을 하는 기분이 쏠쏠했다.

1번 뽑은 거
정말이에요?

졸업을 앞둔 4학년 때 술자리마다 빠지지 않는 이야기가 있었다. 헬조선에서 청년으로 살아가는 방법이었다. 그날도 맥주를 시켜놓고 다가오는 취업, 결혼, 육아 이야기를 하면서 나라님 욕을 하고 있었다. 한 친구가 "지금 대통령이 유일하게 잘한 일은 국민들이 정치에 관심을 가지게 했다는 것"이라고 말해서 모두가 맞장구를 쳤다. 그때까지만 해도 그 친구 말에 이렇게나 격한 공감을 하게 될 줄은 몰랐다.

나는 정치에 관심이 없었다. 고등학교 때까지 현관에 신문이 놓여 있었지만 눈에 띄는 헤드라인만 읽고 지나칠 뿐 기사를 들여다볼 생각은 안 했다. 그 시간에 영어 단어 하나 더 외우는 게 낫다고 여겼다. 가끔 콩나물 다듬을 때 식탁 위에 깔려 있는 거나 좀 읽었을까. 그것도 연예 면이나, TV프로그램 일정표 정도였다. 정치 분야는 제목부터 무슨 말인지 모르겠고 그저 나랑은 상관없는 어른들의 이야기일 뿐이었다.

대학생이 된 후에도 마찬가지였다. 기숙사에 들어가는 날, 입구에 신문 구독 광고가 있었다. 1년 구독료가 얼마 되지도 않고 어른 흉내 좀 내볼까 싶어 룸메이트랑 같이 신청했다. 처음 며칠은 꽤나 읽었다. 점점 기숙사 방에 있는 시간이 짧아지면서 서로 먼저 읽으라고 양보했다. 그렇게 침대 밑에 쌓아뒀다가 결국 손톱이나 과일을 깎을 때 받침대로 쓰고는 버렸다.

컴퓨터나 스마트폰으로 경제, 사회 뉴스는 종종 읽어도 정치 뉴스는 제목조차 보지 않고 지나쳤다. 마음먹고 읽어보려고 해도 성씨만 나와 있는 이 사람이 누구인지, 한자로 된 줄임말은 어느 기관을 말하는 건지 알아보기가 어려워 읽히지가 않았다. 기사를 읽고 있는 오늘이 있기 전에 무슨 일이 있었던 것 같은데 아무것도 모르니 답답했다. 그렇다고 하나하나 알려줄 만한 사람도 없고, 찾아 물어볼 만큼 관심도 없었다. 수많은 술자리가 있었지만 학점, 친구, 연애, 연예인 가십거리나 즐기며 웃고 떠들기에 바빴다.

스무 살 12월에 생에 첫 대통령 선거가 있었다. 내 손으로 좋은 대통령을 뽑고 싶은데 후보들이 한 말을 믿어도 되는 건지 의심이 갔다. SNS에서 쏟아지는 글들을 보며 누가 진짜인지 알 수가 없었다. 스스로는 도저히 판단할 수 없어서 결국 선거 전날 집에 내려가서 누굴 뽑아야 되냐고 물어보고 '어른들 말씀이 맞겠거니' 하고 결정을 내렸다. 우리가 뽑은 사람이 당선됐다고 좋아라 하면서도 제대로 알지도 못하고 뽑은 것 같아 한편에 찜찜함이 있었다.

시간이 지날수록 그 찜찜함은 잘못이라는 확신으로 바뀌었다. 정치에 대한 무관심이 빚어낸 잘못이었다. 잘못된 걸 알면서도 당장에 닥친 일상을 살아나가는 데 급급해서 '일단 내 할 일이나 잘하자' 하고 외면했다. 그렇게 대학생활을 하는 동안 세월호 참사가 있었고, 국정교과서가 만들어졌지만 집회에 나가보지도 않고, 대자보를 쓰기는커녕 제대로 읽어보지도 않았다. 다행히도 공동체에 와서 월간 『작은책』을 보고, 사회 구조에 대한 공부를 하면서 자본주의와 노동자에 대해 알게 되었다. 나라 돌아가는 이야기를 귀동냥으로 듣고, 강연도 들으면서 서서히 정치에 관심이 생기게 되었다. 녹색당원으로 가입도 했지만 뜨문뜨문 생기는 관심이 오래가지는 못했다.

결국 최순실 게이트가 터지고 나서야 자리 잡고 신문을 읽게 되었다. 억지로 읽으려고 할 때는 재미가 없었는데 매일 막장 드라마가 펼쳐지니 한 번 앉으면 끝까지 읽을 만큼 재밌어졌다. 신문에서 본 내용들을 식구들과 나눴다. 아이들이 '7시간 해명'이라는 말을 패러디해서 "라면 봉지를 해명하라!" 같은 농담을 할 때 알고 웃을 수 있었다. 그나마 공동체에 와서 신문으로 접했지, 혼자였더라면 인터넷에 떠도는 짧은 기사만 보고 지나쳤을 것이다. 신문과 주간지를 찬찬히 읽으며 수면 위로 드러난 사회 구조의 어두운 면에 대해 생각해보게 되었다. 친구들과도 "어이없다", "너무하다" 같은 말만 내뱉는 게 아니라 이렇게 되기까지 어떤 문제점들이 얽히게 되었는지 이야기했다. 그리고 촛불 집회에 나가서 시민들을 만나고 앞으로 우리 사회를 발전시켜나가는 데 어떤 역할을 할 수 있을지 고민했다.

모자랐던 지난날을 고백하고 반성하는 뜻에서 "내가 그런 대통령을 뽑았다는 게 부끄럽다"고 말했다. 공동체 식구들은 "1번 뽑은 거 정말이에요?", "내 주변에서 1번 뽑은 사람 처음 봐요.", "1번 뽑은 사람도 공동체에 오는구나." 하며 놀렸다. 놀림 받는 것은 물론 '내가 이러려고 투표했나' 자괴감이 들 정도로 혼날 짓을 했으니 쪽팔림 당하는 게 마땅하지만, 이렇게 정치에 관심을 가지게 된 사람이, 그녀를 뽑고 나서 후회하는 사람이 나뿐만이 아닐 거라며 스스로를 위로했다.

같은 실수를 두 번 하지 않도록, 다시는 소중한 내 한 표가 놀림 받지 않도록 하려다 보니 자연스럽게 다음 대선 주자들에 대한 관심을 가지게 되었다. 이번에는 먼저 찾아 읽고 공부한 다음에 어른들 생각을 곧이곧대로 듣지 않고, 스스로 판단하고 결정할 수 있는 힘을 기르고 싶다. 신문도 읽고 다른 사람들과 이야기 나누며 '정치에 관심 없는 청년'을 벗어나고 싶었다.

내 집 마련의 꿈

공동체에 새 식구 디디가 들어왔다. 이제 막 열아홉 살이 된 여자아이인데 학생이 아닌 식구로 들어왔다. 대개 여자아이가 손님으로 오면 잘 곳을 정하기 전까지 내 방에서 기다리거나, 하룻밤씩 같이 자곤 했다. 디디도 잘 곳이 정해질 때까지 내 방에서 지내기로 했다. 그러고는 내가 곧바로 외출을 해서 디디 혼자 방을 쓰게 되었다. 내가 공동체에 없는 동안 디디 방이 정해지지 않을 것 같아 일단은 편하게 지내라 했다.

외출하고 돌아온 뒤 식구들이 모여 디디가 어디서 지내면 좋을지 이야기를 나누었다. 여자식구 혼자 쓰고 있는 공동체 집은 세 채가 있는데 두 채는 구들방이 두 개씩 있어서 각각 빈방이 하나씩 있다. 나머지 한 채는 구들방 하나, 마루방 하나 있는 우리 집이다. 식구들 대부분은 디디가 빈방보다는 우리 집에서 지내는 게 좋을 것 같다고 했다. 빈방을 쓰게 되면 불도 따로 때야 하는데, 우리 집에서 방 하나를 같이 쓰니 나무를 아낄 수 있다. 또, 같이 지내면서 공동체 생활을 편하게 알려줄 수도 있고 하니 여러모로 좋은 점이 많았다.

딱 하나 걸리는 게 있었다. 내 지인들이 공동체에 올 때였다. 일 년 동안 지인 열댓 명이 공동체를 다녀갔는데 대부분 우리 집에서 지냈다. 더군다나 그해엔 친구 또뚜가 자주 드나들 예정이었다. 집에 낯선 사람이 있으면 서로 불편하지 않을까 걱정되었다.

공동체를 찾아오는 손님들이 묵는 숙소가 따로 있기는 했다. 멀리서 온 친구를 손님 숙소에서 혼자 재우기 미안하고, 잠들기 전에 이야기보따리를 푸는 재미가 없으면 아쉬울 것 같았다. 그렇다고 우리 집에서 재우면 디디가 낯선 사람과 함께 자는 걸 불편하게 여길 거다. 이런 생각을 식구들에게 이야기하고는 날이 따뜻해지기 전까지 한두 달 정도만 우리 집에서 같이 지내면서 이것저것 알려주기로 했다.

내가 처음 공동체 왔을 때는 빈집이 있어 고민 없이 그 집에 들어갔다. 손님으로 왔을 때 숙식이 공짜라서 고마웠는데, 식구로 들어와서 보니 돈을 내지 않아도 언제나 맛있는 밥 세 끼와 편하게 지낼 수 있는 집을 당연하게 주는 공동체 복지 혜택에 감탄했다.

주변 사람들은 "일하니까 밥을 주는 건 그렇다 쳐도 집을 준다고?" 하며 이해하지 못했다. 졸업하자마자 돈 한 푼 들이지 않고 내 집이 생겼다며 자랑하듯이 말했으니 신기해할 수밖에.

타지에서 학교나 직장에 다니느라 따로 집을 구하는 청년들은 어려움이 많다. 나도 서울에서 자취방 구할 때 비싼 보증금 때문에 부모님이 적금과 보험을 깨셨다는 이야기를 듣고 마음이 아팠다. 열심히 일해서 번 돈의 절반이 월세로 나가고, 햇빛도 잘 들어오지 않고 환기도 되지 않는 반지하에서 곰팡이와 함께 살고, 좁은 공간에서 밥이나 빨래도 제대로 할 수 없는 모습 모두 내 주변에 흔하게 있었다. 빽빽하게 들어선 수많은 건물 가운데 내 몸 편히 뉠 곳 하나 없는 청년 주거 문제가 날이 갈수록 심각해지고 있음을 느꼈다.

공동체에서는 누구나 내 집 마련의 꿈을 이룰 수 있다며 감탄했다. 그런데 '집'에서 머물 권리는 있지만 소유할 권리는 없었다. 공동체 집을 '내 마음대로 사고팔 수 없는 것'은 당연하게 알고 있었지만 막상 다른 사람과 집을 함께 쓰려고 하니 일 년 동안 '내 꺼'라고 여기던 걸 뺏기는 기분이 들었다. 방을 구하던 어려움은 그새 잊어버리고 욕심이 생겨버렸다.

함께 살면 나눌 수 있어서 불필요한 소비와 낭비가 줄어든다. 1인 1 냉장고, 1 전자레인지, 1 세탁기일 필요는 없으니까. '내 꺼'라고 움켜쥐고 있기보다 함께 쓸 수 있는 공간을 열어둔다면 도시에 있는 청년들이 큰 어려움 겪지 않고도 지낼 곳이 생기지 않을까.

살면서 혼자만의 방을 가져본 적이 없기에 혼자보다는 누구랑 같이 사는 게 더 좋다. 혼자 방에 있으면 어딘가 낯설고 외로웠다. 편하게 말을 나눌 사람이 없어 심심하고, 집을 비워도 마음이 편하지 않았다. 가끔 아프기라도 하면 서럽기까지 하다. 공동체 집에서 혼자 있는 시간이 많은데 그동안 아무 말도 하지 않으니 음악을 틀어두곤 했다.

디디랑 함께 살고부터는 집 안에서 음악 소리보다 사람 소리가 날 때가 더 많다. 어두운 밤에 불 켜진 집으로 들어가서 "나, 왔어"라고 이야기할 사람이 있다. 닭모이 주느라 불 때는 시간을 놓치고 부랴부랴 달려가면 이미 굴뚝에서 연기가 나고 아궁이 앞에서 불을 때는 사람이 있다. 햇볕 좋은 날에는 이불을 같이 털어줄 사람이 있다. 잠들기 전 "잘 자"라며 밤 안부를 나눠 줄 사람이 있다. 내 집을 지키려는 욕심 때문에 소중한 룸메이트를 놓칠 뻔했다.

내가 불을 때면 추운데 디디가 불을 때면 따뜻했다. 새벽 산책을 하고 싶을 땐 흔쾌히 함께 해줬다. 과자를 혼자 먹으면 찔렸는데 나눠 먹으니 덜 찔렸다. '손님이 왔을 때'를 걱정하던 것도 사라졌다. 손님이 집에 오면 내 옷, 내 물건으로 챙겨줘야 하고, 밥을 어디서 먹는지, 뒷간은 어딘지, 따뜻한 물은 어떻게 쓰는지 하나하나 알려주다 못해 도와줘야 했다. 이제는 손님은 손님 숙소에서 지내니 더 편했다.

친구랑 통화가 길어질 때 눈치가 보이기도 했는데, 성격이 무던한 디디가 편한 분위기를 만들어준다. 좋은 룸메이트와 쭉 같이 지내고 싶은데 혼자만의 생각일까 싶어 조심스럽게 물어봤다. 다행히 디디도 우리 집에 적응해버려서 다른 방으로 옮기는 게 귀찮다고 말해주었다.

같이 일하고, 밥 먹는 것뿐만 아니라 같이 사는 것이 공동체인데 너무 좁게 생각하고 있었다. 공동체 식구가 많아지길 바라면서 내 것을 챙기려고 했던 게 부끄러웠다. 공동체에서 지내보겠다고 온 아이를 반갑게 맞아주지는 못할망정 욕심을 부려 민망했다.

함께 지내보기로 했던 한 달이 지나고 우리는 쭉 함께 살기로 했다. 더 이상 주인 행세를 하지 않고 같이 사는 사람과 어떻게 잘 지낼지 연구했다. 이미 혼자 살 때보다 훨씬 정리정돈이 잘되니 굳이 연구하지 않아도 더 나빠질 것 같지는 않았다.

게으름뱅이네
구들 청소

공동체는 기름이나 가스보일러 대신 장작을 때서 구들 장과 씻을 물을 데웠다. 어느 날, 우리 집 아궁이에서 연기가 굴뚝으로 나가지 않고 불을 때고 있는 사람 쪽으로 나왔다. 전에는 환풍기를 켜면 굴뚝으로 연기가 빠졌는데 삼월 들어서는 굴뚝으로 연기가 전혀 나오지 않아서 부엌이 연기로 가득 찼다. 닭모이를 주고 집에 오니 연기가 뿜어져 나오는 아궁이 앞에서 룸메이트 디디가 콜록거리고 있었다.

방 안까지 연기가 차니 안 되겠다 싶어 도움을 구했다. 이 집에서 살다가 옆집으로 가신 아저씨와 공동체 집짓기 담당 아저씨께 하소연을 했더니 아궁이 만든 사람은 따로 있으니 그분께 여쭤보라고 하셨다.

우리 집 아궁이를 만든 분은 근처 모항마을에 사는 H 아저씨였다. 농촌생활에 대한 어떤 물음이든 다 알고 계신 분이었다. 짚풀 공예를 배우던 중에 연기가 잘 안 빠져나간다고 말씀드리니 솥이 높게 걸려 있어서 그렇다고 했다. 그런데 솥을 낮추면 그만큼 고개를 숙여야 해서 안쪽으로 나무를 밀어 넣기가 어려워 그냥 바닥을 좀 높이고 말았었다. 바닥이 평평하니 나무를 안쪽으로 넣는 일은 쉬워졌는데, 연기가 많이 나는 것은 해결되지 않았다.

며칠 뒤, 구들을 제대로 봐주겠다며 H 아저씨가 우리 집에 왔다. 장인 분위기를 풍기며 부엌에 들어오더니 불을 때보라고 했다. 평소대로 우물 정(井)자 모양 장작을 쌓기 위해 맨 아래 두툼한 받침나무 두 개를 세로로 놓고 안쪽에 가로로 하나를 놓았다. 마른 잔가지와 솔잎, 종이 박스 쪼가리를 올렸다. 그리고 신문지에 불을 붙여넣었다. 잔가지에 불이 붙은 걸 보고 소나무와 감나무 장작을 넣었다. 솥에 물을 채우려는데 밖에서 굴뚝 밑을 깨던 아저씨가 장작을 다 꺼내며 불 때는 방법이 틀렸다고 했다. 아저씨는 잔가지만으로 뚝딱 불을 때더니 굴뚝에는 문제가 없다고 했다.

굴뚝이 막히지 않았으니 솥 부분을 손보자고 했다. 지금 있는 큰 솥 대신 작은 솥으로 바꾸고 앞에 턱을 냈다. 환풍기는 연기를 억지로 빨아들여서 안 좋다고 뺐다. 박스랑 솔잎 없이 잔가지로만 불 때는 아저씨를 보고 신기해하니 아저씨가 말했다. "불 땔 때 솔잎을 쓰지 말고, 이렇게 마르지도 않은 생나무도 쓰지 말어. 그리고 웬만하면 통나무보다 쪼개서 써야 혀." 일 년 동안 해온 방법이 잘못되었다는 게, 잘못된 걸 디디에게 알려줬다는 게 부끄러워서 얼른 부엌을 나왔다. 하루를 마치고 돌아오니 환풍기는 사라졌고 굴뚝과 솥이 걸려 있는 자리에 진한 황토벽이 깔끔하게 만들어져 있었다.

그런데 공사를 다 하고 불을 땠을 때도 여전히 연기가 앞으로 나오는 게 아닌가. 아저씨는 혹시 구들에 문제가 있는 거 아니냐며 바닥을 뜯어보자고 했다. 그래서 디디랑 짐을 싹 다 마루방으로 옮기고 구들방을 비워두었다.

다음 날 아침 일찍 작업복을 입고 나타난 아저씨는 바닥 한가운데를 뜯었다. 구들장 밑으로 나 있는, 불길과 연기가 통하여 나가는 길인 고래가 검댕으로 가득 채워져 있었다. 이것 때문에 연기가 제대로 나가지 못하고 방도 제대로 데워지지 않은 거라고 하셨다. 이십 년 가까이 살아오신 아저씨네 구들은 한 번도 문제없었는데, 불 땔 때 재를 제대로 치우지 않고 솔잎 같은 것을 태워서 이렇게 됐다고 했다. 지금 하는 게 맞는 건지 제대로 모르면서 그저 편하게 불을 때려던 게으름 때문이었다.

방구들 고래 사이에 있던 검댕을 네 소쿠리 가득 걷어내고 구들을 원래 모양 그대로 맞추었다. 나는 구들을 들어내기 전에 찍어 놓은 사진을 보여드리는 조수 역할을 했는데, 꼭 유물 발굴 현장에 와 있는 것 같았다. '우리 집 바닥 밑이 이렇게 생겼었구나!', '어떻게 옛날 사람들은 이런 걸 생각해냈을까?' 저마다 다른 모양과 크기를 가진 구들로 퍼즐 맞추기를 하시는 H 박사님을 보니 신기했다. 새참도 없이 좁은 방 안에서 구들돌을 옮기는 아저씨가 무척 고마웠다. 일러주신 대로 불을 잘 때서 구들 관리를 잘해야겠다고 다짐했다.

그날 저녁, 바닥을 말리느라 불을 때는데 불이 안쪽으로 확 빨려 들어가고 연기가 굴뚝으로 솔솔 빠져나갔다. 부산에 가 있는 디디에게 굴뚝에서 연기가 나오는 광경을 같이 봤어야 했다며 아쉬움을 전했다.

발도 못 붙일 정도로 뜨겁게 불을 때서 바닥을 말린 다음 덮개를 깔았다. 편하게 살려면 장판을 깔아도 되지만, 아저씨가 추천해준 '사료 포대'를 깔고 부지런히 관리해보기로 했다.

종이로 된 바닥은 뭘 먹으려면 조금이라도 흘릴까 봐 조심스러웠다. 물기를 꼭 짠 걸레로 부지런히 닦아줘야 하고, 일 년에 한두 번은 기름칠도 해주어야 했다. 귀찮더

따끈따끈한 바닥에 발을 디딜 때마다
보람차고 신이 났다.
자기 집처럼 게으름뱅이네 구들 청소를
도와주신 아저씨 덕분에 조금 더
부지런해질 수 있었다.

라도 흙과 짚으로 지은 집에서 바닥도 친근하게 바르면 좋을 것 같았다.

장판을 깔고, 기름보일러를 때면 몸은 덜 힘들겠지만 내 몸이 편한 만큼 누군가 불편하다고 생각하니 좀 불편해도 마음이 편한 게 나았다. 공동체에서 건강하게 자급자족하며 함께 사는 법을 배워가고 있었으니 그 정도 귀찮은 건 참을 수 있었다.

이틀 내내 기름 냄새를 맡으며 붓질을 하니 어떻게 관리해야 할지 막막했다. 하지만 새 옷을 입고 말끔해진 바닥을 볼 때, 따끈따끈한 바닥에 발을 디딜 때마다 보람차고 신이 났다. 게으름뱅이네 구들 청소를 자기 집처럼 도와주신 아저씨 덕분에 조금 더 부지런해질 수 있었다.

비 오기 전날

공동체 사는 동안 가족이나 친구들과 안부전화를 나눌 때면 "요즘 얼마나 바빠?", "농사일 많아?"라는 질문을 받았다. 일이야 늘 있지만 이른 봄에는 그렇게 바쁘지 않았다. 그래서 고맘때만 먹을 수 있는 고사리, 취, 나무순을 뜯으러 산살림도 다니고 물때가 맞는 날에는 갯살림도 나갔다.

비 오기 전날은 얘기가 좀 달랐다. 밭에 씨앗이나 모종을 심고 비를 맞추면 싹 트거나 뿌리가 자리를 잡을 때 몸살을 덜 한다. 그래서 심을 게 있으면 비 오기 전날 심었다. 또 비 온 뒤에는 땅이 마를 때까지 한동안 밭에 들어가지 못하니 비가 오기 전에 밭을 갈아두거나 김을 맨다.

제19대 대선이 있던 5월 9일에 비 소식이 잡혔다. 날짜별로 작업을 적어 두는 칠판에 참깨, 옥수수를 심는다고 적었다. 학생들과 같이 일구는 채소밭에도 심을 작물이 있었다. 그런데 하필 그날 식사 당번이었다. 식사 당번을 하는 날에는 밖에서 일을 하지 않고 아침, 점심, 저녁밥을 차린다. 뒷정리를 하고 나면 잠깐 짬이 나서 밭에 나갈 수는 있지만 손이 느린 나에게는 턱없이 부족한 시간이었다.

7일 오전, 식구들이 다 같이 밭으로 나갔다. 참깨를 심고 감자밭으로 가서 자주감자에 웃거름을 주고 북도 줬다. 오후에는 수미감자 주변의 풀을 매기로 했는데 나는 들머리 밭일을 하겠다 했다. 나 말고 두 명 더 필요하다고 말해서 3박 4일 손님으로 온 친구 버찌와 일을 도와주겠다고 나선 학생 식구가 함께 갔다.

먼저 참외와 수박, 옥수수를 심을 자리에 밑거름을 뿌렸다. 버찌는 모종으로 키우던 근대를 옮겨 심고, 학생 식구랑 나는 꽈리고추, 오이, 호박 모종을 옮겨 심었다. 쑥갓과 대파도 적게 심어서 씨앗을 좀 더 뿌렸다. 상추까지 뜯고 나니 오후가 다 지나갔다.

그날 저녁 작업회의에서 내일 고등부가 감자밭을 매러 간다고 들었다. 중등이랑 참외랑 옥수수 심고, 감자밭에 웃거름을 주려고 했는데 다행이라고 생각했다. 작업회의 때 택배 일과 참외, 옥수수, 야콘을 심는 일, 이외에는 감자밭에 풀 매고 웃거름 주고, 북 주는 작업이 잡혔다. "내

일 오후에 중등이랑 채소밭 일을 할게요!"라고 했더니 J 아저씨가 "얼마 되지도 않는 거 10분이면 한다"고 혼자 하시겠다고 했다. 식사 당번이라 부담스러웠는데 도와주신다고 해서 고마웠다. 그렇게 비 오기 전날의 일이 정해졌다.

비 오기 전날인 8일, 새벽부터 식사 당번을 하느라 정신이 없었다. 오후에 밭에 나가려고 미리미리 해두었다. 식사당번 보조해주는 학생이 오전 내내 수업이라 혼자 해야 했다. 새참으로 고구마 삶고, 점심 밥하고, 어제 남은 반찬에 양파 싹을 넣어 김치볶음을 만들었다. 배추김치와 장아찌가 모자라서 반찬통에 채워 넣고, 솥에 들어 있던 국을 한 번 끓여내고, 대파 뽑아 와서 국에 넣기 좋게 잘게 썰었다. 밭에서 쌈으로 낼 상추와 적겨자채를 뜯고 나니 오전이 다 지나갔다. 점심 먹고 쉴 틈도 없이 부랴부랴 오후 참으로 낼 백설기도 쪘다.

점심 뒷정리를 마치고 호미와 물뿌리개를 챙겨 나왔다. 중등 아이들이 있는 곳으로 갔는데 J 아저씨가 아이들과 개간밭에 옥수수를 심으러 간다는 게 아닌가. "아저씨, 저도 같이 개간밭에 갔다가 채소밭으로 넘어가면 안 돼요?"라고 여쭤봤는데 J 아저씨는 채소밭 일이 얼마 되지 않으니 개간밭으로 오지 말고 혼자 하라고 했다. 일단 채소밭에 있으면 오시겠거니 하고 혼자 가서 옥수수 두둑을 만들었다. 그래도 안 오셔서 채소밭 감자에 웃거름을 줘가면서 북을 줬다. "감자 맡은 학생이랑 같이 하고 싶었는데…."라며 혼잣말로 쩡얼거렸다. 그래놓고 감자한테 나쁜 기운이 간 것 같아 "쑥쑥 잘 자라"라고 말해줬다.

참외 모종을 가지러 옆 밭으로 가는데 J 아저씨가 아이들과 함께 트럭을 타고 내려왔다. 채소밭 앞에 설 줄 알았는데 "감자밭 간다!"며 슝~ 가버렸다. 참외를 맡은 학생과 함께 참외를 심는 게 무산되어버렸다. 시무룩한 표정으로 기운 빠져 있으니 옥수수를 심고 있던 식구들이 대신 해주겠다고 저녁 준비하러 올라가라고 하셨다. 참외 열두 개와 옥수수 백 개. 얼마 안 되기는 하지만 혼자 냇가에서 물을 떠가며 심을 생각에 막막했었는데 경운기로 물을 퍼 올려서 대신 해주신다니 다행이었다. 하루 종일 못 쉴 뻔했는데 덕분에 백설기를 먹으며 숨 돌릴 틈이 생겼다.

저녁을 준비하고 있으니 식사당번 보조 학생이 올라왔다. 감자밭 일이 아직도 많이 남았다고 했다. 여섯 시가 되어도 사람들이 오질 않았다. '아, 감자밭이 급했구나. 채소밭에 사람을 붙여달라고 할 게 아니었어.' 느지막이 사람들이 지친 얼굴로 돌아왔고 일이 덜 끝났다고 했다. 채소밭 일을 혼자 하라고 했을 때는 내 뜻을 몰라주는 것 같아 서운했다. 그런데 '어떤 일이 더 급하고, 중요한지 모르고 떼쓰는 나를 보며 아저씨는 얼마나 답답하셨을까?' 싶었다. 저녁을 먹고, 작업회의를 하고, 대선토론회까지 마치니 밤 열한 시가 넘었다.

방에 들어와 무거운 몸을 누이고 나니 비가 내리기 시작했다. 빗소리가 '수고했다'며 토닥여주는 것처럼 들렸다. 비 오기 전전날엔 처음 심을 때 양, 간격, 위치를 제대로 잡았으면 안 해도 됐던 일을 했다. 꼭 비 오기 전에 하지 않아도 될 일이라 시간 많을 때 미리 해뒀으면 좋았을 텐데 닥쳐서 했다.

비 오기 전날은 혼자서도 심을 수 있는데 아이들이랑 같이 하고 싶은 마음을 앞세우다가 다른 사람에게 맡겨버렸다. 마음만 힘들었지 한 건 별로 없다. 그렇게 그날 밤 미처 다 매지 못한 감자 옆에 난 풀들도, 웃거름이 뿌려진 감자도, 참깨, 옥수수, 참외 모두 흠뻑 비를 맞았다. 비 오기 전날, 정신없이 바쁜 하루를 보낸 식구들에게도 촉촉한 봄비가 피곤을 씻어주길 바라며 잠을 청했다.

이 맛에 농사짓는구나!

하짓날, '하지감자'를 캐기로 했다. 감자 담을 상자를 잔뜩 실은 트럭을 타고 수미감자 밭으로 갔다. 지난봄에 손님으로 와서 같이 김을 매고, 웃거름을 주고, 북을 주던 사람들이 생각났다. 비 오기 전날 공동체 학생과 식구들이 다 붙어서 바삐 맸던 그 감자밭이었다. 여럿 공들인 감자밭이 이제 캐는 일만을 앞두고 있었다.

감자 두둑마다 한 명씩 쪼그리고 앉아서 감자를 캐기 시작했다. 잎줄기 한 뭉치를 잡고 쑥 뽑으면 덩이줄기인 감자가 주렁주렁 매달려 나왔다. 딸려 나오던 감자들이 줄기에서 뚝 끊어져서 흙 위로 고개만 빼꼼 내밀기도 했다. 흙 속에 있는 감자를 꺼낼 때 호미에 감자가 찍히지 않도록 가장자리부터 흙을 파내며 꺼냈다. 거칠게 후다닥 해치우는 일을 잘 못하는데 감자 캐는 일은 조심스럽게 해도 돼서 나랑 잘 맞았다.

감자를 캐고 나면 지역 친환경 급식센터에 나갈 감자를 크기별로 분류해야 했다. 아침까지만 해도 큰 요리용 감자와 작은 조림용 감자 예시가 칠판에 올려져 있어 두 가지로 나누면 되는 줄 알았다. 그런데 가뭄이 들어서 감자 알이 작다 보니 급식센터에서 중간 크기의 감자도 받아 준다고 했단다. 그래서 백이십 그램 이상 대(大), 구십 그램까지 중(中), 사십오 그램 이하 소(小), 이렇게 세 가지로 나누었다.

분류할 양이 많아서 두 명만 감자를 캐기로 했다. 캐는 실력으로 두 명 안에 들기는 어려워서 분류하는 일을 맡게 되었다. 분류하는 일도 쉽지 않았다. 눈과 손으로만 무게를 짐작해야 하는데 저울에 올려보는 게 익숙했던지라 어림잡는 게 어려웠다. 그나마 조그만 것들을 담으면 되는 조림용 감자가 쉬워 보였다. 아예 작은 건 쉬운데 조림용으로 들어가는 경계에 있는 사십오 그램짜리가 헷갈렸다. 손에 익을 때까지 감자를 들고 무게를 짐작해보고 전자저울에 쟀다. 여러 번 왔다 갔다 했지만 맞추기가 쉽지 않았다.

한 이모가 사십 그램짜리 감자를 한 손에 쥐고 다니면 비교하면서 담을 수 있다는 방법을 알려주셨다. 그런데 부피와 무게가 꼭 비례하지는 않았다. 크기는 작은 데 무게가 나가거나, 크지만 무게가 덜 나가기도 했다. 감자를 못 캐는 사람이 분류할 게 아니라 분류를 못하는 사람이 캐야 할 판이었다.

한 아저씨는 적당히 큰 감자 하나를 손에 들고는 "백십 그램!"을 외치고 저울로 갔다. 저울 화면에서 110이 나타나면 "역시! 딱 맞추잖아~" 하고 으스댔다. 허세 부릴 수 있는 아저씨가 신기하고 부러웠다. 왼손 오른손 번갈아 들어보고, 크기로 구분하지 않으려고 눈을 감고 툭툭 던져보기도 하면서 조림용 감자들을 골라 나갔다. 평소보다 한 시간 일찍 시작하고, 오후 늦게 학생들이 와서 같이 했는데도 수미감자 캐는 일은 하루 안에 끝나지 않았다.

이튿날, 남은 감자를 마저 캤다. 호미에 찍힌 감자들을 보면서 아까워했던지라 더 조심스럽게 캤다. 다른 식구들이 어떻게 캐는지 보니 조심하면서도 빠르게 캐는 요령을 알게 되었다. 호미로 긁어서 흙을 부드럽게 만든 다음 손으로 파내면 감자에 호미가 닿지 않아서 찍힐 위험이 덜했다. 그렇게 전날보다 감자도 덜 찍고 빠르게 캘 수 있었다.

감자를 캐고 다시 분류하는 일을 했다. 조림용 감자를 분류해 보았으니 난이도를 높여서 중간 크기의 감자를 골라보겠다고 했다. 구십 그램과 백이십 그램 두 경계선을 지켜야 하다 보니 조림용보다 더 어려웠다. 손이 느린 내가 반 줄 하는 동안 손이 빠른 이모가 한 줄 반 하셔서 다른 크기의 감자를 담는 사람들과 겨우 속도를 맞출 수 있었다. 느리긴 해도 무게를 잘못 재지는 않았을 거라며 스스로 다독였다.

새참으로 찐 감자와 막걸리를 먹고 있는데 이웃 아짐이 지나가셨다. "아짐~ 막걸리 한 잔 하셔유!" 하고 불렀다. 아짐은 반가운 얼굴로 "그럴까?" 하고 오셨다. 걸쭉하게 막걸리 한 잔 들이키신 아짐께서 "감자 농사 잘 지었구먼. 한 상자에 얼마씩 혀?"라고 물어보셨다. "집에서 쪼깨씩 먹을 게 좀 필요한디"라고 아짐이 말씀하셨다. "우리랑 돈 말고 다른 거 바꿔 먹을 거 없어요?"라고 공동체 이모가 물어보셨다.

왜 돈 말고 다른 걸로 바꿔 먹자고 하는 건지 궁금했다. '동네 친한 할머니께 돈 받지 않고 그냥 드리면 안 되나?', 다른 사람들도 와서 막 달라고 하면 안 되니까 그러는가 보다 했다. 몇 분 뒤, 아짐께서 약국 다녀오시는 길에 아이스크림과 맥주를 사다 주셨다. 아짐들이 절대 무언가를 빈손으로 받지 않으신다는 걸 이모는 알고 있었다.

아이스크림이 남아서 앞집에 드리러 갔다. 강아지 한 마리와 함께 할머니가 나오더니 아이스크림을 안 먹는다

하셨다. 그러고는 밭으로 와서 "여기 떨어진 감자를 좀 가져가도 될까요? 조림을 좀 해 먹어 볼라는디"라고 하셨다. 다들 흔쾌히 "네!"라고 대답했다. 그러고는 같이 땅에 있는 구슬 감자를 주워드렸다. 내가 감자 농사를 다 지은 것마냥 뿌듯했다. 가뭄에도 잘 자라준 감자를, 잘 캐서 나눠 먹는 재미도 보니 '이런 맛에 농사짓는구나!' 싶었다.

여름 나기

공동체에 사는 식구들 대부분은 일 년 중에 여름이 가장 힘들다고 말한다. 특히 '콩밭 매기'라고 불리는 여름 밭매기가 힘들다고 했다. 학생들이 "아, 좀 있으면 콩밭 매야 돼!"라고 말하는 얼굴을 보면 겁이 안 날 수 없었다. 유월에 몸이 아팠을 때 식구들이 더 바빠지기 전에 잘 쉬어두라고 했는데 '도대체 얼마나 바쁘고 힘들길래…' 싶어 무서웠다.

칠월이 되자마자 일하는 시간과 밥 먹는 시간이 바뀌었다. 다섯 시 반부터 새벽일을 하고 여덟 시에 아침을 먹었다. 오후엔 쉬다가 세 시부터 일하고 저녁을 일곱 시 반에 먹었다. 해가 일찍 뜨니 일찍부터 일하고, 해가 늦게 지니 늦게까지 일했다. 콩이 나기 전에 다른 밭부터 매기 시작했다. 참깨, 고구마, 땅콩, 검정콩, 수수밭을 맸다. 풀이 많이 나지 않아 긁을 수 있을 때 들깨밭도 긁어주었다.

비가 한 번 내리고 난 후, 콩밭으로 들어갔다. 학생들하고 같이 맸다. 새벽부터 조잘거리는 아이들 옆에 있으면 잠도 깨고 시간도 금방 갔다. 새벽일 하고 들어온 날에는 아침 식사 시간이 활기가 넘쳤다. 다 같이 밭을 맸다는 보람 가득한 밥상이랄까. 낮에 일할 때는 노래도 틀고 수다도 떤다. 락이나 대중가요를 트는데, 예전에 많이 들었던 장르라 반가웠다. 그러다 노랫소리를 계속 듣는 게 시끄러워서 '이제 좀 껐으면⋯.' 싶을 때도 있었다. 그래도 애들이 감정 가득 실어서 노래를 부르는 건 재미있었다. '어떻게 하면 아이들처럼 일을 재미있게 할 수 있을까?'를 생각하다 보면 어느새 하루가 다 갔다.

칠월 중순부터는 애들이 계절학교 준비하느라 새벽에만 같이 밭매고 낮에는 어른들끼리 했다. 콩나물콩과 쥐눈이콩이 심겨진 밭에서 김을 맸던 날이 있었다. 나는 콩나물콩 밭을 맸는데 두둑의 길이가 짧아서 한 줄이 금방금방 끝났다. 사람들이랑 가까이 붙어 있으니 이야기하기도 좋았다. "우리는 젊으니까!"라며 야간작업을 해서라도 오늘 안에 콩나물콩밭을 끝내자고 의지를 불태우며 밭을 맸다.

다음 날, 메주콩밭으로 갔다. 그 밭은 김을 매다가 앞을 보기 싫을 정도로 두둑 길이가 길었다. 뜨거운 땡볕 아래 끝이 보이지 않는 콩밭을 매다 보니 식구들도 힘들어했다. 참 먹을 때 보면, 다들 등허리에 땀이 흥건하고, 얼굴이 빨갛게 익어 있었다. 참으로 나온 감자나 떡은 잘 들어가지도 않고 수박만 먹었다.

자기 체력은 각자 알아서 조절하자고 했다. 나는 자고 일어날 때 머리가 띵 하고 몸이 무거워서 삼십 분씩 늦게 출근했었다. 집에서 밖으로 나가기가 힘들었지, 밭에 나갔을 때는 더위도 잘 타지 않고, 천천히 하다 보니 힘들지는 않았다. 밭매기가 중간쯤 되었을 때부터 서서 풀을 긁는 '풀밀어'가 나타났다. 남자들이 풀밀어로 긁고 지나간 자리를 다시 호미로 매니 속도가 났다. 그때부터 끝날 희망이 보여 신나게 맸다.

콩밭을 다 매고 나니 들깨밭이 기다리고 있었다. 들깨밭만 다 매면 공동체 여름 밭매기가 끝난다. 교회 위에 있는 할렐루야 밭부터 들어갔다. 무릎까지 오는 콩과는 다르게 들깨는 내 앉은키만큼 컸다. 호미를 들고 쪼그려 앉으면 들깨 사이에 쏙 가려 바람이 통하지 않았다. 찜질방에서도 땀이 잘 안 나는데 들깨 속에 있으니 이마에서 땀이 줄줄 흘렀다. '땀이 비 오듯 쏟아진다는 게 이런 거구나'라고 처음 느껴보았다. 그렇게 땀 흘리며 밭매다가 먹는 수박은 기가 막혔다. 밭에서 바로 따다 먹어서 차갑지 않았는데도 정말 맛있었다. 이렇게 맛있는 참을 먹으면 힘든 게 싹 잊혔다.

할렐루야! 밭을 끝내고 마지막 들깨밭으로 갔다. 칠월 마지막 날, 비 소식이 잡혔고 그 전에 밭매기를 끝내려고 열심히 했다. 그렇게 '콩밭 매기'가 끝나고 큰비가 내렸다. 시원한 빗소리를 들으며 후련한 마음으로 택배 작업을 하던 날이 참 즐거웠다.

채소밭에서 할 일도 남아 있고, 무더운 팔월이 남았지만 밭매기가 끝나니 여름을 다 보낸 것 같았다. 칠월 한 달 동안 어른, 학생, 손님 나눌 것 없이 다 함께 밭을 매면서 이런저런 이야기를 나눌 수 있어 즐거웠다. 참으로 먹던 참외, 수박, 복숭아, 옥수수, 감자 덕분에 입도 즐거웠다. 한낮에 쉴 때 근처 지름박골 계곡이나 고사포 해수욕장에 가서 물놀이도 했다. 땡볕 더위보다 일찍 일어나는 게 힘들다면 힘들었지만, 그 정도면 '변산에서 여름 나기'는 할 만했다.

기나긴 새 학기

　새 학기를 맞으면서 나는 중고등지기(담임 선생님)를 맡
게 되었다. 대안교육을 받지 않았던 내가 잘할 수 있을지
걱정이 앞섰다. 중고등지기가 되고 아침마다 교실에서 아
이들과 이야기를 나눴다. 학교 다닐 때 조회시간에 담임
선생님이 어떤 말씀을 하셨는지 떠올려봤는데 기억이 나
질 않았다. '거창하게 준비해도 별거 없겠구나.' 싶었다.
아이들이 재밌는 학교생활을 할 수 있도록 도와줘야겠다
고 생각했다.

　개학 첫날, 설레는 마음으로 교실에 갔다. 창문을 열고
환기를 시켰다. 칠판 앞에 책상을 두고 앉아 아이들을 기
다렸다. 여덟 시가 지나고 아이들이 하나둘씩 왔다. "방학
잘 보냈어?", "기숙사에서 잠은 잘 만했니?" 한 명, 한 명
에게 말을 걸며 출석부에 적힌 이름들을 확인했다. 아이
들이 다 모였고 이번 학기부터 중고등지기를 맡게 되었

다고 인사했다. 이번 학기 수업에 대한 설명과 기숙사 주변 풀베기와 방 청소를 하자는 이야기를 했다. 그렇게 인사를 나누며 첫날은 별 탈 없이 잘 넘어갔다.

다음 날, '학교'에 대해 다 같이 이야기를 나눠보려고 했다. "학교가 있으려면 무엇이 필요할까?" 물으니 D가 "학생이요"라고 했다. 나는 "그래! 학생이 있어야 학교지~ 학생인 너희들이 재밌는 학교를 만들었으면 좋겠어!"라고 했다. 우리가 생각하는 학교에 대해 이야기를 나눠보자고 했더니 녀석들이 도통 말이 없었다. '내가 말을 재미없게 하나?', '졸린 건가?' 하며 고민했다. 생각해보니 아이들은 밥 먹을 때만 만나던 나를 아침마다 교실에서 만나는 게 어색했을 것이다. 그런 아이들에게 다짜고짜 '너희의 생각을 나눠달라'고 하는 건 마음만 앞선 짓이었다. 그냥 내 이야기 듣는 것도 어려운데 잠이 덜 깬 상태에서는 더더욱 귀 기울이기 어렵겠다 싶었다.

그래서 내 이야기보다 책에서 나온 구절을 읽어주고 아이들의 생각을 물어보기로 했다. 법정스님의 『길이 아니면 가지 말라』에서 '스스로 만드는 즐거움'에 대한 이야기로 시작했다. 어떻게 하면 다 같이 즐겁게 보낼 수 있을지 고민해보자고 했다. 쪽지를 하나씩 나눠주면서 다가오는 주말에 다 함께 즐길 거리를 적어보라고 했다. 한 명

한 명에게 쪽지에 뭐라고 적었는지 물었다. R은 웃으며 "과자 먹으면서 영화보기"라고 했다. H는 들뜬 표정으로 "예쁜 도시락 싸서 소풍가고 싶어!"라고 했다. N이 "운동회 어때?"라고 물으니 J가 "운동회 좋다!"라고 했다.

그렇게 해서 영화보기, 소풍, 운동회, 등산, 목욕탕 가기, 쿠키 만들기, 물물교환 장터, 지식 골든벨, 모둠 나들이, 야반도주…. 다양한 놀거리가 나왔다. 밤에 아이들이 밖으로 도망가는 걸 어른들이 막는 '야반도주' 이야기가 나오니 교실은 시끌벅적해졌다. 각각의 놀거리들을 하나씩 적은 쪽지를 통에 넣어 제비뽑기를 했다. H와 B가 제비를 뽑고 싶어 했다. 각자 자기가 적은 놀거리가 나오길 바라며 제비를 뽑는 순간에 가슴을 졸였다.

H가 뽑은 것은 물물교환 장터였다. 아이들은 물건이 준비되지 않았다고 다시 뽑자고 했다. B가 뽑은 것은 등산이었다. 운동화가 없다고 다시 뽑자고 했다. 나는 "야반도주 나올 때까지 새로 뽑을 거지?"라며 볼멘소리를 했다. 세 번째로 뽑은 것은 '모둠 나들이'였다. 아이들은 좋아했다. (공동체를 벗어나는 것을 참 좋아하는 것 같다.) 조회 시간이 다 끝나서 어떻게 꾸릴지는 학생들끼리 정하기로 했다.

구월 첫 일요일에 세 모둠으로 나누어 나들이를 갔다.

정읍 H 집에 가는 모둠, 내소사에 가는 모둠, 내소사에 가는 애들 따라가는 모둠이 있었다. 평소에는 늦잠자기를 좋아하는 아이들이 나들이를 나간다고 하니 일찍부터 움직였다. 남아 있는 식구들은 놀러 나가는 아이들을 보며 부러워했다. 해 질 무렵 아이들이 돌아왔고, 그날 저녁 밥상은 아이들끼리 서로 이야기를 풀어내느라 시끌시끌했다.

다음 날 아침, 교실에서 "모둠 나들이 어땠어?"라고 묻자 "재밌었다", "잘 쉬었다"고 했다. 다녀오는 걸로만 끝내는 게 아쉬워서 어른들에게 다녀온 이야기를 해줄 수 있냐고 물어보았다. 그 순간의 느낌도 소중하지만 끝나고 나서 되짚어보며 곱씹는 것도 중요하다고 이야기했다. 사진 설명만 하려는 아이들에게 커다란 종이를 나누어주며 나들이를 다녀와서 느낀 것을 글과 그림으로도 남겨보자고 했다. "이걸 굳이 해야 돼요?" 하며 귀찮아하는 녀석들도 있었지만 모둠끼리 나름대로 정성껏 준비했다.

작업회의를 마치고 스크린 앞에 다 같이 둘러앉았다. 나는 연습 한 번 하지 않은 아이들이 제대로 할 수 있을까 걱정했다. 내소사에 다녀온 모둠부터 발표를 했다. 종이에 적힌 건 차분히 하더니 노트북으로 사진을 보여줄 때는 N, J, B가 한꺼번에 이야기를 해서 정신이 없었다.

같이 다녀온 다른 모둠인 S, T가 소감을 말할 때는 빨리 말해서 잘 알아듣지 못할 때도 있었다. H 집에 다녀온 모둠은 편의점에서, H 집에서 먹은 것들을 이야기했다. 채석강과 내소사에서 한껏 멋 부리며 찍은 사진들과 맛있는 음식을 먹는 사진들을 보며 아이들도 어른들도 같이 웃었다.

아이들과 잘 지낼 고민을 하느라 새 학기 적응이 만만치 않았다. 아이들도 낯선 교실지기의 욕심 때문에 꽤 힘들 것 같다. 새로운 학생이 들어온 것보다 몇 곱절은 더 어색하고 불편했을 아이들에게 섣부르게 친한 척을 한 것은 아닌지, 억지로 끌고 있는 건 아닌지 돌이켜봤다. 하루하루 겪으면서 그 나이 때의 나는 어땠는지 돌이켜보고, 모두 다르게 예쁜 아이들을 만나면서 새롭게 배웠다.

담봉 아짐 일손 돕기

가을걷이로 바쁘던 어느 날이다. 밴드 수업을 마치고 음악실에서 나오니 해가 뉘엿뉘엿 저물고 있었다. 휴대폰을 보니 저녁 여섯 시였다. 강물에게 부재중 전화가 와 있어 전화를 걸어보았다. 무슨 일을 하고 있는 건지 전화받기가 바빠 보였다. 어디냐고 물으니 마을회관 앞에 있다고 했다. 뜬금없이 마을회관 쪽에는 왜 가 있는 건가 궁금해서 가보았다.

해가 다 저물어서 어둑어둑해진 길거리를 두리번거리며 가는데 마을회관 맞은편에서 사람 소리가 들렸다. 비닐하우스 앞에서 이웃집 아짐이 두 팔로 무언가를 바삐 쓸어 담고 M과 강물이 발 수레에 실어 하우스 안으로 나르고 있었다. "우와, 이게 다 뭐래요?" 하니 아짐께서 고개를 뒤로 젖히며 "아이고, 잘 왔네!" 하셨다. 오늘 낮에 아짐 동생분이 콤바인으로 벼를 베셨는데, 나락을 말리려고 하우스 앞에 쏟아둔 거란다. 나도 얼른 삼태기를 들고는 나락을 쓸어 담아 한 발 수레에 부었다.

　일할 줄 모르고 장갑도 없이 맨손으로 마구 쓸어 담았다. 공동체도 벼 수확을 했지만 바로 건조장으로 가느라 말리기 전의 나락은 보지 못했었다. 이제 막 거두어 온 나락이라 촉촉했다. 날은 점점 어두워지고 앞이 제대로 보이지 않았다. 처음 보는 나락이 신기했지만 살펴볼 틈도 없이 바쁘게 손을 놀려야 했다. M이 휴대폰 손전등을 켜주었다. M은 아짐께 셋이서 할 테니 밥을 좀 앉혀달라고 부탁드렸다. 아짐은 "그래그래. 알겠어!" 하고 회관으로 가셨다. M은 아짐 혼자 저녁밥 드시기 뭣하니 마을회관에서 같이 먹고 가자고 했다.

　강물과 둘이서 나락을 담고 M이 나르는데, 다른 할머니 한 분이 오셨다. 우리가 불편할까 봐 불을 밝혀주려고 전구를 들고 오신 것이다. 아쉽게도 콘센트를 꽂을 곳이 없어서 쓰진 못했지만 "고생들 하네. 참 고마워"라고 해주셔서 힘이 났다. 그렇게 이웃 아짐이 일 년 동안 드실 쌀, 나락을 담았다. 한 톨이라도 빠트리지 않게 잘 모아서 하우스에 펼쳐놓았다. 하우스 끝에서 끝까지 나락이 소복소복 쌓여 있는 걸 보니 든든했다. 비닐과 포장까지 잘 털어 하우스에 넣어놓고 일을 마쳤다.

저녁 먹으러 마을회관으로 갔다. 화장실에서 손을 씻고 나오니 밥 짓는 냄새와 찌개 끓이는 소리가 맛있게 나고 있었다. 아짐은 밥이 아직 덜 되었다며 술이라도 먼저 먹고 있으라고 맥주와 오징어를 꺼내주셨다. 밥을 기다리는데 전구 갖다 주셨던 할머니께서 밥과 반찬을 들고 오셨다. 팥이 수북이 들어간 밥과 바지락 젓갈, 어린 배추로 담은 김치, 직접 만드신 게장, 나물 반찬이 상에 올랐다. 아짐표 풀치찌개까지 한 상 가득 차려졌다.

아짐들은 막걸리를, 남자들은 맥주를, 술을 마시지 않는 나는 귤을 들고 "짠!"을 했다. 허겁지겁 밥을 먹으며 아짐 이야기를 들었다. 아짐께서 나락을 담는 일을 혼자 했을 때는 밤 열 시 넘어서까지 하셨다고 했다. 작년에는 다른 공동체 식구 P가 도와서 수월하게 끝났다고 했다. 올해도 공동체 트럭을 보고는 세우다가 P를 찾았는데, 트럭에 있던 강물이 도와드리겠다고 내린 것이다. 아짐께서 강물에게 P도 불러와서 같이 하면 좋겠다고 하셨다. P가 없어서 M를 불렀고, 나도 같이하게 된 것이었다. 잠깐 도와드렸을 뿐인데 아짐들은 연거푸 "참말로 고맙네."라고 하셨다.

M이 아짐보고 게장이 참 맛있다며 갯살림 하셨냐고 물었다. 지금은 안 하지만 예전에는 목 밑까지 물이 차오른

갯벌에서 바지락 캐러 다니셨다고 했다. 그렇게 아짐이 살아오신 이야기를 들을 수 있었다. 부안 읍내에 살다가 운산리로 시집와서 보리밥 드셨던 이야기, 부안까지 걸어 다니며 장을 보시던 이야기를 들으며 밥 세 그릇을 뚝딱 해치웠다. 이렇게 가까이에 모여 살면 굳이 어르신 이야 기를 찾아 들으러 다니고, 기록으로 남겨두지 않아도 자 연스럽게 알 수 있겠다 싶었다.

일을 도와드려서 그런 건지 모르겠지만 공동체 식구들을 '무공해 양반들'이라고 부르며 이런저런 칭찬을 해주셨다. 마지막엔 내가 이웃 아짐 하우스 구멍 떼우러 갔다가 다리가 빠져서 더 큰 구멍을 내버린 이야기를 하시며 깔깔깔 웃으셨다. '한 동네에서 오고 가며 마주칠 때마다 소소한 추억거리를 만들고 있었구나.' 친한 이웃이 생긴 것 같아 반가웠다. 무공해로 농사지은 '노란 감자'(고구마)를 사서 자식들을 나눠주고 싶다고 하셨다. 고구마 세 상자를 예약할 테니 잊지 말고 달라고 하셨다.

훈훈한 저녁 식사를 하고 다 함께 설거지와 뒷정리를 했다. 마을회관을 나서는 우리에게 과일도 챙겨주시고, 강물에게 오만 원을 주려고 하셨다. 강물이 손사래를 치며 아니라고 하니 M에게 주시려고 했다. M도 괜찮다고 거절했는데 기어코 아짐은 강물이 손에 오만 원을 쥐어

주시고는 집까지 태워달라며 트럭에 올라타셨다. 일을
했다고 하기도 뭣할 만큼 쬐끔 하고 받은 돈이라 '받아
도 되는 건가' 싶었다. 그렇게 해야 아짐 마음이 편하셨
을 거다. 다음에 고구마 갖다 드리러 갈 때 맛있는 거 챙
겨가야겠다고 마음먹었다. 아짐과의 추억거리가 하나 더
생겼다.

십일월의 감기

서리태콩을 베는 날이었다. 공동체 아저씨랑 둘이서 벴다. 먹구름이 낀 쌀쌀한 날씨였다. 찬바람 맞으면서 콩을 베니 으슬으슬 추웠다. 시간이 지날수록 머리가 아프고 몸살 기운이 났다. 따뜻한 식당에서 점심밥을 먹으니 좀 괜찮아졌다. '오후에 일할 수 있을까?' 긴가민가하다가 집으로 내려가는 길에 찬바람을 맞았다. 결국 오후일을 못 나갔다. 한숨 자고 일어나니 다섯 시였다. '아저씨께 아프다는 말도 못했네.', '내일 효도마을 김장하러 가야 하는데 회복 안 되면 어쩌지?', '작업회의에 못 들어가면 사람들이 걱정하겠지?' 머릿속이 걱정거리로 가득했다.

십일월 들어서서 병든 닭마냥 힘이 없고 자주 아팠다. 피부 때문에 한약을 지어 먹으면서 기력이 보충되는 듯했었는데 마지막 한 첩을 먹던 날에 감기가 걸렸다. 자고 일어나서 괜찮아지면 일하러 나갔다가 한두 시간 만에 힘을 다 써버리고는 쓰러지기 일쑤였다. 가까이 사는 한의사 선생님을 찾아뵈었다. 선생님이 맥을 짚어보고는 말씀하셨다. "몸이 너무 약해. 밥도 잘 먹고, 일이 힘들면 쉬어야지." 나는 시무룩한 얼굴로 대답했다. "요새 힘든 일 많이 안 하는데…." "네 몸이 감당할 수 있는 것보다 더 많은 일을 하느라 몸과 머리가 기력을 다한 거야. 일을 좀 줄여봐." 나는 난감한 얼굴로 "네." 대답했다.

내가 할 수 있는 내 몫은 얼마큼일까? 식당같이 여럿이 함께 쓰는 공간에서 할 일이 보일 때 못 본 척하기도 한다. 집 앞에 있는 밭에서 거둬야 할 작물들이 보여도 차일피일 미루는 일이 허다하다. 못 하고, 안 하는 일이 이렇게 많은데 어떻게 더 줄일 수 있을지 어려웠다.

공동체에서 일을 많이 주는 걸까? 아니면 내가 약해서일까? 어릴 때 몸이 약해서 한약을 자주 지어 먹긴 했는데 성인이 되고는 남들보다 약하다고 여긴 적 없었다. 그런데 십일월 한 달 내내 비실비실했다. 앞으로 평생 약하게 살아야 하는 건가 싶어 무서워졌다. 이렇게 약한 내가 앞으로 손발 놀리며 살아갈 수 있을까. 생각이 꼬리에 꼬리를 물며 이어졌다.

공동체에서 아프면 다른 사람 눈치를 보게 된다. 내 몫을 다른 식구가 하기 때문이다. 일을 잘 모르기 때문에 내가 빠져도 괜찮은지 알 수도 없다. 당시 공동체에는 일할 식구도 많지 않고, 그중에서도 아프지 않은 사람을 찾기 어렵다. 나보다 나이 많은 아저씨, 이모들도 아픈 몸을 이끌고 나와 일하는데, 어린 내가 어찌 아프다고 누워 있을 수 있나. 힘이 없다고 애인 강물에게 기대는 것도 썩 내키지 않았다. 강물도 피곤할 텐데 내가 이것저것 부탁해서 귀찮다고 여길까 봐 걱정됐다.

언제까지 '아프다'는 말을 달고 살아야 할지 몰라 무서워졌다. 다른 사람에게 마음 놓고 기대지도 못하니 답답했다. 콩 베고 들어와서 반나절 쉬는 동안 이런저런 생각을 하다가 눈물이 났다. 이불 속에서 엉엉 울었다. 누군가에게 안겨 울고 싶었지만 다른 사람한테 힘들다는 말을 잘 못하니 혼자서 풀었다. 띵하던 머리가 우니까 더 아파졌다. 그러다 까무룩 잠들었다.

저녁 무렵, 일을 마치고 온 강물이 물었다. "저녁 먹으러 갈 수 있겠어요?" 나는 잠에서 깨어 힘없는 목소리로 대답했다.

"속이 울렁거려서 못 먹겠어요. 약 먹으려면 밥을 먹어야 하는데…."

"밥이랑 약 가져다줄게요."

강물이 밥을 가지러 간 사이에 나는 한의사 선생님께 갔다. 선생님 내외 두 분은 아프다며 불쑥 찾아온 나를 따뜻하게 맞아주셨다. 뜨끈한 대추꿀차 한 잔과 함께. 어디가 아픈지, 어떤 게 힘든지 들어주셨다. 따뜻한 차를 마시고, 위로를 받으니 한결 나아졌다.

다음 날, 송산효도마을에서 김장 봉사가 있었다. 나는 따라가지 않고 집에 있었다. 강물이 가져다준 밥을 먹고, 영화를 보며 쉬었다. 쉬면서 생각이 정리됐다. '다른 사람 눈치 보기보다 나에게 더 집중해야겠다.', '나를 더 사랑하자.' 말처럼 쉽겠냐마는 그렇게 해야 내가 건강할 수 있고, 주변 사람들에게 온전한 사랑을 나눠줄 수 있을 것 같았다.

다음 날에도 몸살 기운이 완전히 가시질 않아서 쉬었다. 식사 시간에 맞춰 식당에 올라갔다. "지향 씨, 아프다면서요. 좀 괜찮아요?", "지향이~ 드디어 살아난 거야?" 식구들은 아픈 나를 걱정해주었다. 전에는 일을 못 하니 미안한 마음이 컸다. 아파도 되는 상황인지 몰라 눈치 보느라 바빴었다. 그래서 씩씩한 척 '네, 괜찮아요!'라고 했었다. 이번에는 애써 괜찮은 척도 하지 않고 기어들어가는 목소리로 말했다. "아니요, 아파요." 그리고 걱정해주는 식구들에게 고맙다고 했다.

약골 선생님이라
하나하나 신경 써주지 못한 미안한 마음을
쪽지로 전했다.
활기찬 얼굴로 봄을 맞이할 수 있으면
좋겠다는 희망이 차올랐다.

하루 더 쉬고 다음 날부터 콩 고르는 일을 하러 나갔다. 작업반장 P에게 말했다. "오빠, 제가 아직 밖에서 일을 하기는 무리가 있어서 실내에서 하는 일을 할게요." P는 웃는 얼굴로 대답했다. "네, 그러세요."

며칠 동안 녹두를 고르다 보니 십이월이 되었다. 아이들과 겨울방학 전 대청소도 같이 하고, 종업식까지 무사히 마쳤다. 약골 선생님이라 하나하나 신경 써주지 못한 미안한 마음을 쪽지로 전했다. 집으로 가는 아이들과 "방학 잘 보내자!"고 인사 나누며 헤어졌다. 아이들의 인사가 힘을 주었다. 활기찬 얼굴로 봄을 맞이할 수 있겠다는 희망이 차올랐다.

메주를 매달 때는
메주가 되어야 한다

공동체는 해마다 겨울에 메주를 만든다. 그 메주로 된
장을 만들고, 주문받아 팔기도 한다. 한 해는 가뭄이 심해
콩이 없어 된장을 못 만들었다. 그다음 해도 심은 양에 비
하면 수확량이 적긴 했지만 지난해 된장을 안 담았으니
많이 담아야 했다. 메주콩 종자를 고르고, 두부와 미숫가
루에 들어갈 것을 뺀 나머지 모두 메주를 만들었다. 나는
그날 식사 당번 하느라 같이 하지는 못했다. 식구들이 가
마솥 일곱 개를 새로 걸고, 새벽 네 시부터 불을 때서 콩
을 삶고, 절구질 하고, 모양 만드는 모습을 보았다. '이렇
게 정성이 들어간 음식인데, 못생긴 사람을 보고 함부로
메주라고 놀리면 안 되겠구나.' 생각했다.

정성스럽게 만든 메주를 강당 멍석에 널어 말렸다. 강
당 창문을 열어두고 사십 일 정도 말렸을 때쯤, 메주를 매
달기로 했다. 메주를 만들 때 같이 못 해서, 매다는 일은

꼭 하고 싶었다. 아침부터 식구들이 모였다. 메주를 매달기 위해서는 메주마다 새끼를 꼬아야 했다. 식당에서 새끼를 꼬기로 했다. 식구들이 강당에서 식당으로 메주를 나르는 동안 나와 강물은 다른 일을 했다. 짚 정리. 새끼를 쉽고 단단하게 꼬기 위해 잔 지푸라기는 정리해주어야 했다. 겨울방학 때 H 아저씨께 짚풀 공예 수업을 들었는데, 이렇게 써먹게 될 줄이야.

짚단이 쌓여 있는 외양간으로 갔다. 기억을 더듬어가며 한 손으로 짚을 쥐고, 한 손으로는 빗질하듯이 쓸어내리고 있는데 K 아저씨가 오셨다. "누가 그렇게 하래!" K 아저씨는 쥐는 법부터 알려주셨다. "이렇게. 많이 쥐면 잘 안 되니까 조금만 잡고 하란 말이야." 아저씨를 따라하며 말했다 "아~ 위쪽을 잡는 거였구나. 어쩐지 잘 안 되더라. 그치?" 나는 강물을 보고 멋쩍게 웃으며 말했다. "역시, 아저씨가 짱이에요."

셋은 좁은 외양간에서 짚 한 단을 정리했다. 정리한 짚을 수돗가로 가져가 물을 뿌려줬다. 물을 살짝 머금어야 새끼가 더 잘 꼬아진다. 젖은 짚단을 식당 안으로 들여놓고 강물과 나는 한 단을 더 정리하러 갔다. 아저씨께 배운 대로 열심히 하고 있는데 H 이모가 오셨다. "지금 새끼 꼬는 법을 아는 사람이 잘 없으니 두 사람이 와서 새끼를 꼬아주면 좋을 것 같아." 짚단 일을 잠깐 멈추고 식당으로 갔다.

식당에서는 새 식구로 들어온 분들이 새끼 꼬는 법을 배우고 있었다. 나는 H 이모 옆에 자리 잡고 앉았다. 메주 하나를 들어 앞에 놓으려는데, 메주가 쪼개졌다. "아이쿠. 날씨가 따뜻해서 그래. 이리 줘. 내가 양파망에 담을게." 이모가 말씀하셨다. "비가 계속 왔고, 눈이 와도 녹았으니까 습도가 높아서 그럴 거야." 다른 메주를 조심스레 앞으로 가져왔다. 짚으로 메주를 감싸고 새끼를 꼬아야 했다. 지난 겨울에 해봤으니까 알 줄 알았는데, 도무지 하나도 기억이 나질 않았다. 아저씨한테 여쭤보았다.

"먼저, 한 손에 지푸라기 여섯 개씩, 열두 개를 쥐어봐. 그리고 이렇게 끝을 비틀어 꼬아. 이 부분이 메주 아랫면을 받쳐주는데, 여기가 튼튼해야 해. 이제 이 위에 메주를 놓고 지푸라기를 세 개씩 잡고 올려서 옆을 감싸고, 딱 중앙으로 오게. 그리고 두 발로 메주를 잡아. 오른손잡이야?"

"네."

"그런 다음 안 풀리게 잘 꺾어주고 새끼 꼬면 돼. 새끼

꼴 줄은 알아?"

"해볼게요."

지푸라기로 메주를 둘러싸고 새끼만 꼬면 되는 줄 알았는데, 생각보다 어려웠다. 처음 한 것은 어느새 메주가 지푸라기 사이로 쑥 빠져나와 있었다. 어떻게든 끼워보려고 하는 모습을 이모가 보고는 웃으면서 말씀하셨다. "아깝다, 생각 말고 다시 해." 더 꼼꼼하게 힘주어 했더니 그럴듯하게 되었다. 메주는 크기도 모양도 다양했다. 아저씨는 메주의 두께에 대해서도 말씀하셨다. "정사각 기둥보다 직사각 기둥이 좋은 모양인 거야. 그래야 잘 마르거든." 나도 나중에 메주를 처음 보는 아이에게 저런 이야기를 해줄 수 있으리라.

새끼 꼬기는 점심을 먹고 나서도 계속 이어졌다. 식당 안에서 한쪽에는 택배, 한쪽에는 메주로 팀이 나뉘었다. 온 식구가 식당에 둘러앉아 일하니 좋았다. H 이모는 능숙하게 새끼를 꼬며 말씀하셨다. "이것도 오랜만에 하니까 재밌네." "그러게요." 시간이 훅 지나가 있었다. 어느 정도 새끼를 꼬고 나서 몇몇 사람은 메주를 매달러 갔다. 틈틈이 지푸라기가 모자라면 짚을 더 가지러 왔다 갔다 했다.

새끼를 다 꼬고 메주 매다는 사람들을 도와주러 갔다. 처마 밑에 매다는데 새끼 끈이 조금 긴 것을 걸고 짧은 것을 갖다 묶었다. K 아저씨는 겹치지 않게 비스듬히 해야 잘 마른다고 하셨다. 플라스틱 상자 위에 서 있는 P와 사다리를 탄 강물에게 메주 몇 개 올려주다 보니 끝이 났다. 주렁주렁 매달려 있는 메주를 보니 괜히 뿌듯했다. 이제 처마 밑에서 곰팡이가 잘 피고 나면 메주방에 놓고 불을 때는 일이 남았다. 그러면 맛있는 된장이 만들어질 거다.

책 『할머니 탐구생활』을 보면 '메주를 만들 때는 메주가 되어야 한다'는 글이 있다. 책 속의 청라네가 메주를 만들면서 이웃 할머니들께 배우는 것처럼 나도 아저씨, 이모들에게 배우는 게 많다. 책에서 배우는 원리나 이론보다 여러 해 공동체 생활 속 경험에서 묻어난 지혜라서 머리에 쏙쏙 들어왔다. 또 손발 다 써가며 하루 종일 하다 보니 몸이 저절로 익히기도 했다. 온몸으로 메주가 되어 메주를 매다는 법을 배웠다. 직접 몸을 움직여서 얻는 경험과 배움의 가치를 배웠다.

택배 공주와
여덟 난쟁이

공동체는 다달이 『작은책』에 '나눔 이야기'를 실었다. '나눔 이야기'에는 우리가 농사지은 것 중에 상품으로 팔 만한 농산물이 판매 물품으로 나갔다. 그걸 읽은 분들이 전화나 메일로 주문을 했다. 공동체에서는 월, 목요일마다 주문받은 물품을 택배로 보냈는데, 산, 들, 갯살림은 겨울에 쉴 수 있지만 택배는 계절이나 날씨와 상관없이 주문이 있으면 해야 했다.

설이나 추석을 앞두고는 명절 택배 일을 하느라 바빴다. 공동체를 도와주는 분들께 감사 선물을 보내고, 선물 세트 주문도 들어오기 때문이다. 들깨 양이 많아서 설을 앞두고 생 들기름과 볶은 들기름을 넣은 '들기름 선물세트'를 만들었다. 들기름을 짜서 세트를 만들고, 다양한 쌀과 잡곡류를 소포장해야 했다.

설 명절 택배가 며칠째 이어지던 어느 날이었다. 밀가

루 빻는 일을 하게 된 나는 밀가루 백사십 킬로그램을 빻
아야 했다. 전날에 K 아저씨가 밀 껍질을 벗겨줬다. 석발
기로 돌도 걸러줘서, 나는 가루 내는 기계만 돌리면 되었
다. 아침부터 부지런히 기계를 돌려서 오전 중에 반 넘게
했다. 오후에 바느질 수업을 가야 해서 최대한 많이 해 놓
고 가려다 보니 점심시간이 지나 있었다. 옷을 갈아입지
도 못한 채 점심 먹으러 식당으로 갔다. 이모들은 하얗게
밀가루를 덮은 나를 보고 '재를 뒤집어쓴 신데렐라' 같다
고 했다.

내가 밀가루를 맡은 것처럼 식구들도 일을 하나씩 맡
았다. 들기름을 짜기 위해 들깨를 깨끗이 풍구질했다. 제
임스가 수수까지 열심히 풍구질했다. 풍구질한 들깨를
씻어서 말리는 일은 J 언니가 했다. 다른 식구들이 불 때
러 간 늦은 시간에도, 저녁 시간 너머까지 쭈그려 앉아 들
깨를 씻고 있는 언니를 보고 이모들은 '들깨 공주'라고
했다. 그런 일을 시키는 '새엄마'는 택배 일을 맡고 있는
토란 이모다.

형편에 따라 식구 중에서 한 명이 택배 일을 맡아서 주
문도 받고, 관리를 한다. 토란은 삼 년째 택배를 맡고 있
었다.

"집에서 밥을 해 먹는 사람이 줄어들어서 큰일이야."

"이번에 밀이 많은데, 밀가루가 잘 안 나가네."

토란은 그 누구보다 택배 주문량이 줄어드는 걸 걱정했다.

어떻게 하면 재고를 남기지 않을지도 고민했다. 조그맣게 소포장해서 통샘(통밀쌀 샘플)과 겉샘(겉보리쌀 샘플)을 만들었다. 그리고 고객들 먹어보라고 택배 보낼 때 하나씩 넣었다. 밀퐁(뻥튀기)과 보리퐁으로 튀샘(튀밥 샘플)도 만들었다. G 아저씨가 튀밥집에 가서 튀겨 온 튀밥을 일일이 포장했다. 사무실에 앉아 있는 토란이 주문 메일에 답장하고, 첫 주문 고객, 오랜만에 주문해준 고객들을 챙기는 걸 옆에서 보고 있으면 감탄이 나온다.

토란이 식구들에게 말한다. "백미 두 자루, 오분도미 한 자루 도정해줘.", "밀가루 이십 킬로만 빻아줘.", "들깨 사십 킬로 씻어야 돼." 진짜 새엄마처럼 일을 시키는 것 같다. 하지만 택배 일을 알고 있는 유일한 사람이 토란이다. 그래서 무슨 일을 해야 하는지 알려줄 수밖에 없다. 사실 누구보다 일을 많이 하는 '새엄마'다. 내가 밀가루를 빻아 오면 저녁에 남아서 소포장하고, 방앗간에서 짜 온 기름 담을 병을 씻고, 들깨를 말리고 거두며 살핀다. 개인 휴대폰으로 문자 주문까지 받으며 퇴근 후에도 야근이 이어지기 일쑤다.

그렇게 '새엄마' 토란의 지휘 아래 두 택배공주와 여덟 난쟁이들이 명절 택배 일을 했다. 쌀을 도정해 오는 G, 기름 짜 오는 K, 통밀쌀과 밀가루를 하는 D, 메주와 술 항아리를 돌보면서 소포장하는 H, 진공 포장을 배우며 쌀 포장하는 강물, 풍구질하는 '풍구남' 제임스, 스티커 붙이는 S, 일하느라 지친 우리에게 맛있는 비빔밥과 비지찌개로 밥을 차려준 D까지 모두 함께 명절 택배 대장정을 끝냈다. 택배 기사님이 현관과 식당 안까지 쌓여 있는 박스를 보고 깜짝 놀라셨다. 택배차가 공동체 택배로 가득 찼다. 선물하는 것 빼고 오백만 원어치 팔았다고 하니 엄청난 양이다.

명절 전 마지막 목요일, 주문 들어온 택배 포장을 마치고 식구들이 군산 나들이를 갔다. 수고한 우리 스스로 축하 파티를 할 겸, 겨울 식구 여행을 못 간 것을 대신할 겸, 곧 공동체를 떠나는 식구들과 밥 한 끼 할 겸 나갔다. 뷔페에서 맛있는 음식을 실컷 먹고, 즐거운 시간을 보냈다. 농사지어서 먹을거리를 얻고, 택배 일을 해서 돈을 벌었다. 열심히 돈을 벌어서 다 같이 즐겁게 쓰니 제대로 명절 택배 일이 마무리된 것 같았다.

농사지을 때는 작물 하나하나가 그 자체로 예쁘다. 거둘 때는 콩 한 알, 들깨 한 알이라도 귀해서 못 버린다. 그런데 택배 보낼 때는 깔끔하게, 스티커로 포장을 해 놓으니 안에 있는 것이 가려지는 것 같았다. 주인공이 대접을 못 받는 느낌이랄까. 이번에 지퍼백에 담고, 스티커 디자인도 바뀌면서 예쁜 포장이 좋아 보이긴 했다. 어떤 포장 안에 담기든지 우리 농산물들은 귀하다. 공주들과 난쟁이들이 땀 흘려 키우고, 정직하게 만든, 믿고 먹을 수 있는 농산물이다. 직거래 농산물을 사는 분들이 '농사짓는 사람들이 포장해서 촌스럽겠거니.' 이해하고 우리 농산물을 맛있게 먹고 건강하면 좋겠다.

깨끗하게, 맑게, 자신 있게

입춘이 지났는데도, 변산은 한겨울이었다. 눈이 내리고, 수도가 얼었다. 김해 집에서 설을 보내고 돌아오니 날이 조금 풀리는 듯했다. 마당에 있는 수도가 녹았는데 집에 딸린 세면장 수도에서는 물이 안 나왔다. 물을 쓸 때마다 녹여가며 썼어야 했는데, 며칠이 지나도록 녹이지 않고 다른 곳에서 받아 쓰니 꽝꽝 얼어버린 것 같았다. 수도가 얼기 전에 고무 대야와 솥에 가득 받아두었던 물까지 통째로 얼음덩어리가 되어 있었다. 녹이기에도 한참 걸릴 큰 얼음이었다.

얼음덩어리 옆에는 빨래가 쌓여 있었다. '물이 안 나온다'는 핑계로 묵혀두었던 빨래다. 속옷이나 수건은 제때 빨아서 집 안에다 말렸지만 양말이나 다른 옷가지들은 빨래통 속에서 묵혀두었다. 빨랫감이 생길 때마다 조금씩 손빨래하면 별일 아닌데 미뤄놓으니 큰일이 되어 있었다.

손아귀 힘이 세지 않은 나는 큰일을 시작하는 데 마음의 준비가 더 필요했다.

설에 김해 집으로 가져갈 짐을 챙길 때, 밀린 빨래를 가져갈 수도 있었다. 전에는 집에 갈 때마다 빨랫감을 두세 개씩 가져가서 빨기도 했다. 세탁기와 엄마 찬스를 써서 체력과 시간을 아낀다고 생각했다. 내 빨래에서는 흙먼지와 재 때문에 시커먼 구정물이 나왔다. 엄마는 굳이 구정물 이야기를 꺼내며 "딸아, 좀 깨끗하게 살아라"는 잔소리를 했다. 빨래 독립을 마음먹고, 이번 설에는 빨래를 안 가져갔다. 엄마께서 물었다. "니, 이번에는 빨래 안 가져왔네?" "어, 빨래할 거 별로 없더라고." 나는 거짓말을 했다.

설 연휴를 보내고 변산 집에 돌아온 다음 날, 아침부터 빨래를 했다. 세면장 수도는 아직 얼어 있었지만 마당 수돗가에서 물을 받아다 쓸 수 있었다. 옆집 여학생 기숙사는 막 구들 공사를 마치고 G 아저씨가 불을 때놓았던 참이었다. 그래서 솥에 뜨거운 물이 가득 있었다. 뜨거운 물을 빌려 쓰고 마당 수돗가에서 물을 받아 솥에 채워두었다.

작은 빨래부터 시작했다. 등산 양말 다섯 켤레와 걸레 두 개를 비누칠했다. 그런데 웬걸. 팔힘을 다 써버렸다.

아직 목도리와 윗옷 세 벌, 바지 세 벌에 두꺼운 잠바까지 남아 있었다. 겨울옷이다 보니 물을 먹으면 꽤 무거워졌다. 팔힘을 충전할 동안 다리힘을 쓰기로 했다. 친구에게 선물 받은 긴 레인부츠(장화)를 신고 큰 대야에 가루비누를 풀었다. 두 번에 나누어 옷을 밟았다. 첨벙첨벙. 비누거품이 나왔다. 햇볕 좋은 날, 옥상 위에서 남녀가 빨래를 밟다가 비누거품으로 장난치는 영화 속 한 장면이 3초 정도 머무르다 끝났다. 현실은 나 혼자, 싸늘한 세면장 안이었다.

비누칠은 밟기라도 하는데 헹구는 게 큰일이었다. 도저히 혼자 힘으로는 이만한 빨래를 헹궈낼 자신이 없었다. 점심시간까지 한 시간 정도 남아 있었다. '혹시 개울물이 흐르나?' 보러 해민교에 가보았다. 냇가 빨래를 하기 적당하리만치 많은 물은 아니었지만 천천히 빨래를 헹굴 수 있을 만큼은 흐르고 있었다. 오랜만에 하는 냇가 빨래에 갑자기 신이 났다. 한발 수레와 콘티(플라스틱 상자)를 챙겼다. 율리네 한 발 수레를 빌리러 가니 G 아저씨가 "손 안 시리겠냐"며 걱정해주셨다.

추울까 봐 면장갑, 고무장갑, 장화까지 만반의 준비를 하고 빨랫감을 가지고 해민교로 갔다. 다리 앞에 한 발 수레를 멈추었다. 냇가로 내려가야 하는데, 비누칠한 빨래 두 콘티를 가지고 갈 수 없어서 풀 더미 있는 쪽으로 툭 던졌다. 그리고 가운데 홈이 파진 시멘트 위로 갔다. 가운데 홈으로 물이 모아져서 물줄기가 만들어졌다. 물줄기가 있는 부분에 빨래가 담긴 콘티 두 개를 놓았다. 다리를 벌려 홈을 가운데 두고 쪼그려 앉았다. 빈 콘티 하나를 깨끗하게 헹구어 한쪽 발 옆에 두었다.

빨래를 헹구기 시작했다. 두꺼운 빨래들은 비눗물이 빠져나가도록 두고 얇은 빨래부터 헹궜다. 바닥에서 문대면 이끼가 묻어 콘티 안에서 빨아야 했다. 힘을 들이지도 않았는데 금방 빨래가 헹구어졌다. 햇살이 따뜻해서 손도 시리지 않았다. 막막했던 빨래의 끝이 보이니 콧노래가 절로 나왔다. 다 헹궈진 빨래를 빈 콘티에 담아 해민교 위로 올렸다. 룰루랄라 가벼운 발걸음으로 돌아왔다.

두꺼운 옷은 탈수기에 넣고 돌렸다. 탈수기가 돌아가는 동안 얇은 옷을 손으로 꼭 짜서 건조대에 널었다. 두꺼운 옷은 여학생 기숙사 앞에 있는 빨랫줄에 널고 빨래집게로 집어 두었다. 마지막으로 삶는 빨래도 했다. 애벌빨래를 마친 면생리대와 속옷은 비누 조각을 넣어 삶고 헹구었다. 두툼한 겨울 잠바부터 새하얀 기저귀 천까지 빨랫줄에 널려 있으니 세상 뿌듯했다. 오랜만에 비워진 빨래통도 깨끗하게 씻어주었다. 오랜만에 맛있게 점심밥을 먹었다.

도시에서는 물론이요, 시골에 살아도 집집마다 세탁기가 다 있는 것 같다. 공동체에는 탈수 기능만 쓰는 세탁기가 두어 개 있고, 우리 집 세면장에는 작은 탈수기가 있다. 탈수기가 없는 집에서 살 때는 빨래를 손으로 짜는 게 당연했다. (탈수기라는 게 있는 줄도 몰랐다.) 그런데 탈수기가 있으니 자꾸 쓰게 된다. 기계 쓰는 버릇이 들까 봐안 쓰려는데 몸이 자꾸 편하려고 한다. 어른인 나도 손빨래하기 귀찮고 버거울 때가 있는데, 학생들이 손빨래를 귀찮아하는 게 이해 간다. 공동체에서 아이 키우는 집들은 얼마나 더 힘들까 싶다.

농촌에서는 흰옷을 잘 입지 않고 빨래도 자주 안 한다. 기름때같이 씻겨내기 어려운 때가 묻을 일도 잘 없다. 흙먼지는 간단한 비누칠만으로도 잘 벗겨진다. 개울물이 깨끗하면 냇가에서 '헹굼'을 할 수 있다. 햇살 좋고, 바람 좋고, 먼지가 없는 날이면 '항균 탈수'를 할 수 있다. 그러려면 깨끗한 물과 깨끗한 공기가 필요한데, 요즘은 시냇물이 농약으로 더러워지고, 미세먼지로 뒤덮인 날이 많다. 물을 더럽히는 건 한순간이지만, 더러워진 물을 깨끗하게 만드는 데는 오래 걸린다. 좀 더러울지 몰라도, 깨끗

하고 맑은 세상에서 사는 게 좋다. 세탁기, 탈수기가 없어
도, 아이를 낳고도 자신 있게 손빨래하며 살고 싶다.

달래 캐기

봄에는 산과 들에서 나물을 많이 캘 수 있다. 일부러 기르지 않아도 해마다 저절로 난 것을 얻을 수 있어 좋다. 나물이 많이 있을만한 곳에 가서 원하던 나물을 찾으면 보물찾기 같아 재미있다. 근처 산에 가서 고사리, 개망초, 달래, 머위, 쑥, 찔레순, 참나물, 취 등 여러 가지를 해 온다. 그중에서도 나는 달래를 좋아한다.

처음 공동체에 왔던 해, 사월이 되자마자 달래 캐기 선수인 이모와 산에 갔다. 이모는 물이 있는 곳을 잘 살펴보면 달래를 찾을 수 있다고 하셨다. 호미와 비닐봉지를 들고 이모를 따라 저수지, 개울가, 지름박골로 갔다. 처음에는 달래를 못 찾아서 이모가 알려주는 달래를 캤다. 그러다가 혼자 길쭉한 풀잎 사이에서 달래를 딱! 찾았을 때 엄청 기뻤다. 깊숙하게 있는 알뿌리까지 깔끔하게 캤을 때는 또 얼마나 뿌듯했던가. 이모는 웃으면서 말씀하셨다. "딱 올해까지만 달래 캐는 거 알려줄 거예요. 내년부터는 지향 씨 스스로 해봐요~" 그다음 해 봄, 달님과 산나물 하러 갈 때면, 달님은 찔레순을 따고 나는 달래를 캤다.

공동체에서 세 번째 봄을 맞았다. 달래를 캐러 갈 날짜를 살펴보았다. '월요일은 다 같이 갯살림을 가니, 화요일에 가야겠다!' 혼자서는 식구들이 다 먹을 양을 캐지 못할 것 같아 누군가를 데려가야겠다고 생각했다. 또 내가 이모한테 배웠듯이 다른 사람에게도 가르쳐주고 싶었다. 월요일 저녁, 작업회의 시간에 물어보았다. "저, 내일 지름박골에 달래를 캐러 갈 거예요. 같이 가고 싶은 사람 두명, 있나요?" D와 B가 손을 들었다. 그렇게 달래를 한 번도 캐보지 않은 두 사람과 함께 달래를 캐러 가게 되었다.

화요일 아침, 각자 호미와 비닐봉지를 챙겨서 만났다. 나는 간단하게 참으로 먹을 물과 고구마도 조금 챙겼다. 모자를 쓰고 공동체를 나섰다. 따스한 햇살을 맞으니 봄 나들이 가는 기분이었다. 밭둑, 논둑 위로 걸으며 중산리 저수지로 향했다. 저수지 둑방 길에서 달래를 알려주기 위해서였다. 둑방 길은 갈색으로 변한 묵은 고사리 잎과 칡덩굴이 헝클어져 있었다. 고개를 숙이고 찬찬히 달래를 찾아보았다. 달래같이 생긴 길쭉한 풀잎이 많이 있어서 헷갈렸다.

한참 둑방 길을 걷다가 겨우 달래를 찾아냈다.

"이리 와 봐! 이게 달래야."

"오, 달래!" B가 신이 나서 달려왔다.

"봐봐. 알뿌리까지 잘 캐는 게 중요해. 달래 바로 밑을 호미로 캐기보다 이렇게 둘레에 있는 흙을 살살 걷어내는 거야."

두 사람에게 달래 캐는 걸 보여주었다. 그 주변으로 달래 무리가 조금 있어서 다 같이 캤다. "혹시 알뿌리를 못 캤다고 너무 속상해하지 않아도 돼. 달래는 뿌리로 번식하니까 알뿌리가 남아 있으면 내년에 그 자리에서 또 날 거야." 달래가 많이 있었다면 재미를 보았을 텐데 둑방 길 전체를 쭉 훑어보았는데도 달래가 얼마 없었다. 지름 박골로 가면 더 많이 있을 거라고 기대하며 저수지를 떠났다.

아니나 다를까 돌다리를 건너자마자 지름박골 입구에서 큼지막한 달래를 찾았다. 그 옆에도 달래 무리가 있었다. 우리는 신이 나서 달래를 캤다. B는 캔 달래를 봉지에 담으며 말했다. "오, 달래 많네. 진작 여기 와서 캘걸!" 당

산나무를 지나, 선녀탕까지 갔다. 내가 앞장서서 가다가 달래가 보이면 D와 B에게 알려주었다. 두 사람이 달래를 캐는 동안 나는 또 달래를 찾아다녔다. 이모가 알려주셨던 포인트(달래가 많이 난 곳)가 기억이 나질 않아서 여기저기 기웃거렸다.

두 사람은 제법 달래와 풀을 잘 구별해냈다. 나중에 가서는 내가 알려주지 않은 곳에서도 달래를 찾아냈다. 오히려 내가 알려주는 건 너무 작다며 더 큰 걸 찾으러 갔다. 그렇게 두 시간 정도 캐니 달래가 담긴 비닐봉지가 제법 묵직해졌다. 열한 시가 다 되어갈 무렵 계곡에 앉아 잠시 쉬었다. 참으로 가져온 고구마를 꺼내 먹었다. 목이 마르면 계곡물을 떠다 마시기도 했다. B는 봉지 안에서 달래를 한 움큼 꺼내 쥐며 말했다.

"시장에 가면 달래 이만큼에 삼천 원어치 하는데…."
"지향 씨, 달래도 키울 수 있어요?"
"네. 근데 밭에서 키우면 이렇게 산에서 나는 것만큼 향이 진하지 않아요."
"밭에서 기르니까 삼천 원에 팔 수 있지. 우리가 캔 건 만 원 주고도 못 사 먹어."
"아, 빨리 달래 간장을 먹고 싶다."

달래 이만큼이면 식구들 한 끼는 먹을 수 있을 것 같아 그만 돌아가기로 했다. 돌아가는 길에서도 눈은 달래를 찾았다. D는 "달래를 너무 열심히 찾아서 착시현상이 나타나는 것 같다"고 했다. 또 길가에 핀 풀들을 보면서 "이게 다 달래였으면!" 하며 안타까워하기도 했다. 나는 웃으며 말했다. "이렇게 길가에 달래가 많았으면 그만큼 맛있지 않을 거예요." 달래 간장(달래를 송송 썰어 넣고, 간장, 들기름, 고춧가루, 다진 마늘, 참깨를 넣은 양념장)에 밥 비벼 먹을 생각을 하니 군침이 절로 돌았다.

점심 전에는 달래를 다듬지 못할 것 같아서 달래는 저녁에 먹기로 했다. 점심 먹고 나서 달님이 달래를 다듬어주셨다. 식사 당번 아저씨가 달래 잎으로 달래 두부전을, 달래 뿌리로 달래 간장을 만들어주셨다. 저녁을 먹으러 식당에 들어가니 B는 나를 보며 말했다. "달래 간장 되게 맛있네. 달래 향이 참 좋아요!" 나도 밥에 달래 간장을 슥삭슥삭 비벼서 입에 넣으니 알싸한 달래 향이 느껴졌다. 내 앞에 앉아 밥을 먹고 있던 H는 저녁 안 먹는 J에게 달래비빔밥을 생김에 싸서 입에 넣는 모습을 보여주었다. 그 모습을 보고 J도 나도 감탄을 했다. 이 맛에 달래 캐지!

처음 이모와 달래 캤을 때는, 캐는 것부터 다듬고, 달래 간장 만드는 것까지 배웠었다. 이번에는 오후에 글쓰기 수업을 하러 가느라 캐는 것까지밖에 못 했다. 반쪽짜리 수업이었다. B가 다음에 또 달래 캐러 가고 싶다고 했다. 내가 가르쳐준 걸 재밌어하고, 또 하고 싶어 하니 뿌듯했다. 다음번에는 달래 간장 만드는 것까지 알려주고 싶다.

혼자 하지 말고
같이 하자

공동체에서는 미숫가루를 팔고 있다. 전에는 독립식구 이모가 미숫가루를 만들어준 걸 팔았다. 그런데 이모께서 더 이상 미숫가루를 만들기 어렵다고 하셔서 공동체가 하게 되었다. 담당자는 내가 되었다. 결정되자마자 볶음솥을 사고, 기계 다루는 법을 배웠다. 미숫가루는 누가 타주는 것만 먹고 내 손으로 타 먹어본 적도 없었다. 그런데 만들어야 한다니! 그걸 팔아야 한다니! 혼자 하려니 겁이 났지만 일은 벌어졌다.

이모네 가서 미숫가루 만드는 법을 배웠다. 이모가 차근차근 설명해주셨다. "먼저, 곡물을 불린 다음 꼬들꼬들하게 찌면서 익혀요. 며칠 동안 바짝 말리고 나서 높은 온도에서 볶는 거죠. 그리고 가루를 내요." 내가 갔던 날은 이미 다 말려져 있어서 볶는 걸 보았다. 보리, 현미, 옥수수, 메주콩은 저마다 볶는 정도가 달라서 따로 볶아야 했

볶음솥에서 꺼낸 곡물은
휙휙 저으면서 식혀줘야 타지 않았다.
이모는 색깔이나 맛만 보고
익었는지 아는데
나는 안 익은 곡물과 익은 곡물 차이가
안 느껴졌다.

다. 많이 넣으면 잘 안 볶아지기 때문에 조금씩 넣고 볶아야 했다.

볶음솥에서 꺼낸 곡물은 휙휙 저으면서 식혀줘야 타지 않았다. 이모가 종류별로 맛보라고 주셨다. 이모는 색깔이나 맛만 보고 익었는지 아는데 나는 안 익은 곡물과 익은 곡물 차이가 안 느껴졌다. 만드는 법을 직접 보고 오니 더 막막해졌다. 옆에 있던 토란이 "혼자 하지 말고, 같이 하자"고 해주지 않았더라면 포기했을지도 모른다.

미숫가루를 만들기 위해 찜솥과 찐 곡물을 말릴 하우스와 건조대가 필요했다. G가 집 가까이에 있는 밭에 하우스를 지어줬다. 강물이 목공으로 건조대를 만들어주었다. 모든 준비를 마쳤는데 비구름이 도와주지 않았다. 날씨가 맑아야 찐 곡물들을 잘 말릴 수 있었기에 비 소식이 잠잠해질 때까지 미루었다.

사월이 되고 날씨가 좋아졌다. 찌는 것은 크게 바쁘지 않을 것 같아 식사 당번 중간에 틈날 때 쪄보기로 했다. 작업회의 때 미숫가루를 시작한다고 알리고, 미숫가루 사십 킬로그램을 만들 수 있게 보리와 현미, 옥수수 무게를 잰 다음 불려놓았다.

다음 날, 점심 뒷정리를 마친 후 곡물들을 찌기 시작했다. 가마솥에 면포를 깔고 불린 보리를 넣었다. 뚜껑을 닫고 아궁이에 불을 땠다. 가스 불 위에 찜솥을 올려두고 옥수수를 쪘다. 이모가 알려준 대로 뒤적뒤적해가면서 40~50분을 기다렸다. 양이 많아서 뒤적거리는 게 힘들었다. 결국 면포는 찢어지고 바닥에 있는 것은 타버렸다. 부랴부랴 걷어내고 탄 보리와 옥수수 알들을 보며 좌절했다. 밭일을 마친 토란이 부엌에 왔다. "처음 하는 건데, 이정도면 잘했네!" 토란이 현미 찌는 걸 도와줬다.

저녁 준비를 마치고 나서 찐 곡물을 하우스에 널었다. 다음 날부터 중간중간 잘 마르고 있는지 확인하면서 붙어 있는 알갱이들은 떼어 주고 뒤적거려 주었다. 나흘 정도 지나니 바싹 말랐다. 아무래도 탄 알갱이가 들어가면 맛이 없을 것 같아 골라내기로 했다. 작업회의 마치고 식구와 학생들에게 탄 보리와 옥수수를 골라 달라고 부탁했다. 아이들은 "이거 누가 이렇게 태웠어요!" 하면서도 탄 알갱이를 골라주었다. 다 같이 밤 아홉 시까지 야간작업을 했다.

다음 날, 곡물을 볶고 가루를 내러 방앗간으로 갔다. 독립식구 이모에게 와서 봐달라고 연락을 드렸다. 메주콩과 말린 곡물들을 가져갔다. 방앗간 바로 앞에 있는 이웃집 앵두네 부엌을 빌려 메주콩을 쪘다. 콩이 불면 안 되기 때문에 빨리 조리질해서 씻고, 바로 쪄야 했다. 메주콩을 찌는 동안 토란과 함께 곡물별로 조금씩 볶는 걸 해보았다. 토란은 맛보기로 조금씩 보여주고는 볼일이 있어서 먼저 갔다. 혼자서 남은 곡물을 차근차근 볶았다. 볶으면서 생긴 잡티를 날리는 풍구질을 해야 하는데 혼자서 풍구질하고 가루를 내기에 시간이 부족했다. 토란한테 전화했다. "이모, 저 미숫가루 하고 있는데, 혹시 풍구질 좀 도와줄 수 있어요?" "그래, 그래. 선풍기랑 다 챙겨 가야 하는 거지?" "네, 고맙습니다!"

토란이 와서 풍구질하는 동안 나는 가루를 내는 제분기 청소를 했다. 밀가루를 빻았던 거라 곳곳에 밀가루가 끼어 있었다. 에어 컴프레서와 행주로 기계 구석구석을 청소했다. 풍구질을 마친 후에 가루를 냈다. 가루를 내는 동안 고소한 냄새가 났다. 십 킬로그램 정도 하고 나서 자루에 담아보았다. 평소에 보던 미숫가루 색깔이었다. 첫 미숫가루다. 고생한다고 차를 건네주신 앵두에게 첫 미숫가루를 선물했다. 토란이랑 같이 즉석에서 한 잔 타 먹었다. 탄 맛이 날까 봐 걱정했는데 꽤 맛있었다.

그렇게 두 번 더 돌려서 미숫가루 세 자루를 만들었다. 약간 쌉쌀한 맛이 있어서 이번에 만든 건 우리가 먹기로 했다. 제분기를 말끔히 청소하고 돌아오니 여섯 시 사십 분. 온몸에 미숫가루를 뒤집어써서 샤워를 해야 했다. 씻고, 저녁 먹고 작업회의 하고, 바느질 수업을 갔다.

녹초가 되었다. 크게 몸을 쓰는 일은 아니었지만 처음 하는 일이다 보니 하루 종일 신경을 써야 했다. 피곤해하는 나를 보며 "식구도 없고, 다른 일도 많은데 굳이 미숫가루까지 만들어야 하는 거야?" 하고 묻는 사람도 있었다. "미숫가루를 기다리는 단골 고객이 있어서요."라고 대답했다.

당시 공동체에 살고 있는 어른 식구는 일곱 명이었다. 살림 규모가 크다 보니 한 사람이 여러 가지 역할을 맡아서 했다. 각자 맡고 있는 일들이 워낙 많으니 내 몫을 다른 사람에게 넘기기 힘들 거라고 생각했다. 그런데 다음 날 작업회의 때 토란이 말했다. "미숫가루 만드는 과정이 복잡해서 지향 씨 혼자 하기 힘든 것 같아요. 그래서 제가 찌고 말리는 것까지 하고, 볶고 가루 내는 것은 지향 씨가 하는 걸로 하면 어떨까 해요." 그리고 다음 날 토란이 판매용 미숫가루를 만들자고 하면서 곡물을 찌고 말려줬다.

일주일이 지나고 말린 곡물들을 볶으러 갔다. 한번 해보니까 두 번째부터는 익숙해서 여유가 좀 생겼다. 이번에도 풍구질을 토란이 도와줬다. 두 번째 미숫가루는 색깔도 더 예쁘고 훨씬 더 맛있었다. 미숫가루를 팔기로 했다. 식구가 몇 없고, 할 일은 많아도 서로 도와주니 못 할일은 없었다. 꼭 내가 아니어도 일을 해줄 사람도 있었다. 혼자가 아니라서, 같이 할 수 있어서 다행이었다.

병원비가
더 나오는 거 아니야?

공동체 옆에는 '산들바다 공동체'(유기농업 영농조합법인)
가 있다. 11월이 되면 산들바다는 절임배추 공장을 열고
일손을 구한다. 작년까지 공동체에서는 고2, 고3 학생들
과 젊은 식구들이 일하러 갔다. 나에게도 묻는 사람들이
있었다. "지향 씨는 용돈벌이하러 안 나가요?" 그럴 때마
다 딱 잘라 말했다. "제 체력으로는 못 나가죠. 저는 제 속
도에 맞게 할 수 있는 공동체 일이 딱이에요!"

그런데 운전면허를 따려면 학원비가 필요했다. 절임배
추 일 하면 하루에 팔만 원씩 받으니 육십만 원 정도 벌
수 있었다. 공동체에서 운전할 거라면 공동체 돈으로 했
겠지만, 독립했을 때를 위해서 배우는 거라 내 돈으로 하
고 싶었다.

몸 써서 돈 버는 일도 해보고 싶었다. 대학생 때 주로
과외나 학원 아르바이트로 돈을 벌었다. 제대로 실력을

갖추지도 않았는데 이름난 대학 출신이라는 이유로 쉽게 돈을 벌었다. 밭에서 일당 받고 일하는 동네 아짐들을 보면서 어떤 일을 하시는지 궁금했다. 그리고 울력 나가 본 학생들이나 이모들이 하던 얘기에 나도 "맞아 맞아!" 하면서 맞장구를 치고 싶었다.

식구들에게 '절임배추' 아르바이트를 나가겠다고 얘기했다. 식구들의 반응은 생각했던 대로였다. "지향이 네가?" "정말?" "(돈 벌러 나갔다가) 병원비가 더 나오는 거 아니야?" 나도 걱정했던 부분이었다. 삼 주 일하고 겨울 내내 앓아 누워 있는 거 아닐까 싶었다. 무리일 것 같지만 한번쯤은 나가보고 싶었다. 식구들은 잘 다녀오라고 해주었다.

첫 출근하던 날, 해도 뜨지 않은 여섯 시에 아침을 챙겨 먹고 여섯 시 반에 집을 나섰다. 같이 일하러 나가는 마을 이웃 차를 타고 공장에 도착했다. 사람들은 컵라면을 먹고 있거나 난로 앞에서 커피를 마시고 있었다. 그중에는 공동체에 있었던 학생이나 졸업생, 독립 식구같이 반가운 얼굴도 있었다.

일곱 시가 되니 '포장' 반장 아저씨가 불렀다. "자~ 일하러 가봅시다!" 아저씨를 따라가니 커다란 비닐하우스 안에 공장이 갖춰져 있었다. 뒤편에는 배추를 씻는 기계가 있고, 그 앞으로 저울과 칼, 진공포장을 위해 공기를 빼는 기계도 보였다. 반장 아저씨는 간단하게 일하는 법을 알려주셨다.

여자들은 위생 모자를 쓰고, 속 장갑, 고무장갑을 끼고, 앞치마를 입었다. 남자들은 모자를 쓰고 장갑을 꼈다. 공장에서는 여자, 남자가 하는 일이 확실히 나눠졌다. 여자들은 저울 위에 상자를 올려놓고 배추를 담았다. 이때 배추 밑동 부분을 칼로 정리하고, 지저분한 겉잎은 떼야 했다. 십 킬로그램을 채워서 앞에 내려놓으면 남자들이 가져갔다. 기계로 비닐 안의 공기를 빼고, 플라스틱 '타이'로 묶었다. 상자 윗부분을 테이프로 붙이고 지게차로 가져가기 좋게 쌓아놓았다.

중간에 한 번씩 쉬기는 했지만 수천 포기의 절인 배추를 상자에 담는 일은 지겹고 힘들었다. 일곱 시에 시작해서 두 시간 일하고 참 먹고, 두 시간 일하고 밥을 먹었다. 일하는 시간은 힘들었고 참 시간과 밥 시간은 좋았다. 식사 당번 이모들이 해주는 맛있는 참과 밥을 먹으니 행복했다. 동네 아저씨들이 서로 '본부장', '김 전무', '조 부장', '배 실장' 부르며 우스갯소리를 많이 하셔서 깔깔깔 웃기도 했다.

미리 준비해둔 상자가 모자라면 다 같이 상자를 만드

는 일도 했다. 맞춤 제작된 '절임 배추' 상자에 포장 날짜 도장을 찍고, 바닥을 테이프로 붙였다. 그리고 비닐을 씌우고 차곡차곡 쌓는다. 남자들은 바닥을 붙이고, 비닐이 씌워진 상자를 쌓았다. 나는 여자아이들과 함께 상자에 비닐을 씌웠다. 그러다가 남자 쪽 일손이 필요하면 내가 가서 바닥 붙이는 일도 했다.

그렇게 삼주에 걸쳐 8일 동안 상자를 만들고 배추를 담았다. 내가 한 노동의 대가가 '일당 팔만 원'이라는 값으로 매겨지니 슬픈 느낌이 들었다. 서서 일하니 다리도 아프고, 춥기도 했다. 쉼 없이 절인 배추를 옮기느라 손도 시리고 손가락도 아팠다. 허리도 한쪽으로만 돌리고, 굽히고 하니 쿡쿡 쑤셨다. 없는 체력 끌어다 써가며 같은 시간만큼 일했는데 남자들보다 일당을 적게 받는 것도 억울했다. 얼마를 받아야 적당한 건지도 모르겠어서 결국 주는 대로 받았다.

일하다가 다치면 병원비를 주는지도 궁금했다. 그래서 하루는 아저씨들한테 물었다.

"제가 여기서 일하다가 사고 나면 어떻게 해요?"

전무님(반장 아저씨)은 갑작스런 질문에 당황한 듯 웃으며 말씀하셨다.

"갑자기 왜 그렇게 어두운 얘기를 하고 그래~"

나는 아랑곳하지 않고 물었다.

"전무님, 제가 다치면 '산들바다'에서 병원비 대주는 거예요?"

"뭐…. 도의적인 책임은 다해야지, 허허"

본부장님은 "다치지 말라"고 해주셨다.

공동체에서 하는 일은 힘들어도 보람 있었는데, 공장 일은 그렇지 않았다. 처음엔 내가 담은 배추들로 일 년 먹을 김장을 할 집들을 상상하며 좋은 기운을 담아 주려고 했다. 하지만 날이 갈수록 그저 '어서 밥 시간이 되었으면', '일찍 퇴근했으면', '빨리 이번 주가 끝났으면' 하고 시간이 흐르기만을 바랄 뿐이었다. 나중에는 '각자 집에서 배추를 절였다면 우리가 이런 일을 하지 않아도 될 텐데.' 싶었다.

다행히 처음부터 끝까지 자리를 지킬 수 있었다. 다녀와서 몸살 앓느라 공동체 김장을 못 하긴 했지만 병원비는 나오지 않았다. '산들바다 공동체' 일은 다른 공장 일보다는 훨씬 좋다고들 했다. 한번 해보기엔 좋은 경험이었다. 이름만 듣던 아저씨, 아주머니들을 알게 되었고, 졸업생들이랑 같이 일한 것도 즐거웠다. 공동체에서는 흔하지 않은 고기반찬과 초코파이, 사탕을 실컷 먹었다. 그래도 일손이 급하게 필요하다면 모를까, 다시는 공장 일을 나가고 싶진 않다. 일당이 오른다고 해도 싫을 것 같다.

일하면서 공장에서 일하는 엄마 생각도 났다. 내가 먹는 음식, 입는 옷, 쓰는 물건을 만드는 공장에서 일하고 있을 분들에게 고맙고 미안한 마음이 들었다. 월간 『작은책』을 보면 임금도, 복지도 정말 열악한 노동현장이 많던데, 노동자들이 힘들게 일한 만큼 정당한 대우를 받았으면 좋겠다.

명절 잔소리

추석을 앞둔 토요일, 가족들을 만나러 장유(김해)에 가야 했다. 9월부터 공동체에서 함께 지낸 친구 또뚜랑 같이 나섰다. 변산에서 장유까지는 버스를 네 번 갈아탄다. 꼬박 다섯 시간이 걸리는 길이었다. 부안 터미널에서 전주 가는 버스를 타니 집에서 듣게 될 잔소리가 걱정되었다. 옆자리에 앉은 또뚜에게 말했다.

"집에 가면 분명히 언제 공동체에서 나올 거냐는 말 들을 텐데…."

가족들은 내가 공동체에 있는 걸 달가워하지 않았다. 일 년은 경험 삼아 괜찮다고 했는데, 삼 년째 살고 있으니 영영 눌러 앉을까 봐 걱정되는가 보다. 삼 년 있어 보고 더 있을지 말지 결정하겠다고 해뒀는데 삼 년째니까 어떻게 생각하고 있는지 물어볼 것 같았다. 더 있을 거라고 하면 "이제 고만하고 나와."라고 할 것 같고, 나올 거라고 하면 "나와서 뭐 할 거냐?"고 할 테니 난감하다. 아직 결정된 게 없는데 그렇게 말했다가는 '태평하다'는 소리를 들을 것 같았다.

"일단 올겨울까지는 지내고, 내년에 어디서 살지 고민 중이라고 해야겠다."

또뚜한테 답답했던 마음을 털어놓으니 한결 편해졌다. 전주에서 진주, 진주에서 장유까지 차도 안 막히고 무사히 도착했다. 중간에 점심도 먹고, 버블티도 나눠 마시며 사이좋게 왔다. 각자 집에서 평화로운 명절을 보내고 만나자며 헤어졌다.

집에 짐을 두고, 오 분 거리에 떨어져 살고 계신 할머니를 만나러 갔다. 할머니는 안 그래도 '왔을 텐데' 싶어 기다리고 있었다며 식혜 한 잔을 꺼내주었다. 식혜를 마시며 텔레비전을 보고 있는데 할머니가 한숨을 쉬며 말했다.

"다른 할매들이 내한테 '서울대 나온 손녀딸은 지금 뭐

하는교?' 묻는데 내가 할 말이 없다."

나는 아무 대답도 못 하고 멋쩍게 웃으며 할머니 손을 잡았다. 할머니가 툭 내뱉고는 미안했는지 다시 말씀하셨다.

"그냥 '울 손녀는 뭐 연구한다 카대요' 하고 만다."
"연구 맞아! 농사짓는 거, 아이들 대하는 거 얼마나 공부하고 고민하면서 살고 있는데~"
"니가 직장을 구해야 할 낀데 우야노. 전에도 말했제. 할매 꿈에서 지향이 니가 앞이 훤하게 난 길을 쭉쭉 나가는 걸 내가 똑띠 봤다꼬."

언제나 자랑스러운 큰 손녀딸이었는데 지금은 꽉 막힌 고구마 같은 손녀딸이다. 대학교 졸업을 앞두고 꿨던 꿈 얘기와 함께 늘 비슷한 레퍼토리로 말한다. 나는 공동체도 직장이라 여기면서 살고 있었지만 할머니를 납득시키긴 어려웠다.

"그럼요~ 차차 구해야지요. 걱정마세요, 할머니."

저녁 먹고 가라는 할머니에게 "내일 봐요!" 인사하고 나와서 집으로 갔다. 저녁을 먹고 나서 아빠가 말했다. "내가 볼 때 지향이는 사회에 나가기 무서워하는 것 같아." '아니야!'라고 하려다가 "그렇기도 하지"라며 끄덕였다. 사실 도시에서 직장 다닐 자신이 없긴 했다. 대기업에 들어가서 기계 부품처럼 살기도 싫고, 빽빽한 건물 숲, 자동차와 사람들 속에서 살 자신이 없었다. 아빠가 원하는 사회생활을 할 자신은 없지만 농촌에 가서 살 용기는 있었다.

추석을 하루 앞둔 일요일에는 엄마를 도와서 명절 음식을 했다. 오후 반나절 내내 음식을 하고, 저녁에 소파에 앉아 쉬면서 이런저런 이야기를 나누었다.

"엄마는 어떻게든 네가 행복하면 괜찮아. 텔레비전에 나오는 '나는 자연인이다'처럼 너 혼자 좋아하는 곳에서 네가 행복하게 살 수도 있지. 그런데 다른 사람과 어울려 살려면 얘기가 조금 달라져. 다른 사람이 하는 건 어느 정도 해야 되거든. 그래야 니도 눈치가 안 보이고, 다른 사람도 네 눈치를 안 보고 같이 어울려 살 수 있어. 지금 네 생각으로는 돈 말고도 직접 몸으로 때워서 네 몫을 할 수 있을 것 같겠지. 근데 지향아. 현실이 안 그렇대이."

추석날 오전에는 차례를 지내고, 오후에는 외삼촌댁으

로 외갓집 식구들이 다 모였다. 저녁을 먹고 밖으로 나가는데 큰이모가 용돈을 주려고 했다. "괜찮아요. 저도 월급받아요. 하하, 제가 드려야 하는데 죄송해요." 하고는 부랴부랴 밖으로 나왔다.

추석 다음 날인 화요일에는 막내 고모를 찾아뵙기로 했다. 결혼하지 않고 혼자 사는 고모는 조카인 나를 많이 예뻐해주셨다. 오랜만에 내려와서 찾아뵙지 않고 가면 서운해할 것 같았다. 점심 무렵 막내 고모를 만나러 부산에 갔다. 고모는 점심 먹으러 가자며 고깃집에 데려갔다. 내가 공동체에서 고기를 잘 못 먹기 때문이었다. 비싼 밥을 얻어먹었으니 차는 내가 사고 싶었는데 고모는 찻값도 못 내게 했다. '고모도 어렵게 살고 있는데…. 내가 돈을 벌었다면 밥도 사고 용돈도 드릴 수 있었겠지?' 다른 사람과 어울려 살려면 돈이 필요하다는 엄마의 말이 생각났다.

차를 마시고 나서 막내 고모집에 들렀다. 고모는 안 입는 옷이 있다며 잠깐만 기다려보라고 했다. 고모가 옷을 챙기는 동안 몰래 고모 지갑에 오만 원을 넣어두고 나왔다. 고모가 마지막에 한 말이 마음에 걸렸다. "내년에는 서울에서 보자!"

연휴 마지막 날인 수요일에 다시 또뚜와 함께 버스를

고모가 옷을 챙기는 동안

몰래 고모 지갑에

오만 원을 넣어두고 나왔다.

고모가 마지막에 한 말이 마음에 걸렸다.

"내년에는 서울에서 보자!"

탔다. 예상대로 가족들의 잔소리와 함께한 명절이었다. 변산으로 돌아오는 내내 마음이 무거웠다. 공동체 삶도 현실인데, 공동체 밖에서 보기엔 현실이 아닌가 보다. 자급자족이 이상이라면 이상과 현실의 간격을 어떻게 좁힐 수 있을까. 가까운 사람과 어울리면서 내가 중요하게 여기는 가치를 지켜내는 방법은 무엇일까. 나는 무엇을 포기할 수 있을까.

공동체 들어서는 흙길을 오르니 시원한 바람이 불었다. 밭에서 토란 이모가 배추를 살펴보고 있었다. 또뚜와 나는 크게 소리내어 인사를 했다. 마루에 짐을 내려놓고 걸터앉으니 처마 밑에 걸려 있는 화분이 보였다. 익숙한 풍경을 보고 있으니 이제야 진짜 집에 온 기분이었다. 어떻게 사는 게 맞는 걸까 생각하는데 하늘 위로 새 한 마리가 유유히 날아갔다.

에필로그

스물여섯 가을은 한없이 흔들리며 보냈지만, 스물아홉 가을은 제법 단단했다. 순두부 같이 흐물거리던 시절, 부침두부만큼이라도 함께 단단해지자며 서로를 '단단이들'이라 부르는 친구들 덕분이다. 단단이들과 함께 또뚜의 생일을 축하하기 위해 모인 시월의 어느 날이었다. 코로나 시국이라 분위기 좋은 실내에서 촛불을 켤 수 없어 놀이터로 갔다. 놀이터 구석에서 초를 켜고 노래를 불렀다.

톡방에서는 하루도 빠짐없이 떠들지만, 실제로 얼굴 보는 날은 일 년에 한두 번 있을까 말까다. 십 년 전에는 스티커 사진을 찍었다면, 이제는 '인생네컷'을 찍는다. 사진 찍는 기계는 바뀌었지만 같이 있는 순간의 우리는 십 년 전과 다를 게 없다. 풍선을 들고 놀이터 철봉 위에 올라 사진도 찍었다. 함께 있으면 열아홉 살처럼 천진난만한 스물아홉 살이지만, 우리는 전보다 조금 단단해져 있었다.

무엇이 되고 싶은가보다 어떻게 살지 고민했던 십 년이었다. 취미와 취향을 갖고 싶었던 20대 초반, 촌스럽게 흐뭇했던 중반, 생태주의, 여성주의, 동물권을 일상에 녹여내는 후반을 보냈다. 한 해, 한 해 생각지 못했던 방향으로 흘렀다. 뜻밖에 찾아왔던 희로애락을 기꺼이 누렸다. 많이 아팠고, 그만큼 다른 아픔을 이해할 수 있게 되었다. 눈앞에 닥친 어려움을 받아들이기도 하고 버리고 도망치기도 했다. 그때마다 내 곁에는 소중한 가족과 친구들이 있었다. 각자 자리에서 열심히 살다가 명절이나 생일에 한 번씩 만나면 다시 살아갈 힘이 생긴다.

직접 농사를 짓지 않아도 날씨와 계절의 변화를 느끼고 그 소중함을 안다. 비싼 음식보다 정성이 깃든 식탁이 주는 기쁨을 안다. 온라인마케팅 전문가는 되지 못했지만 '무조건 디지털보다 아날로그가 좋아!'라고 고집했던 틀을 부수고 프리랜서, N잡러, 디지털 노마드가 되었다. 스무 살처럼 술 마시며 놀진 못해도, 술 없이도 좋은 시간을 보내는 법을 안다.

나무가 해를 거듭하며 단단한 겉껍질을 만들 듯이 나도 단단해지고 있다. 모든 경험은 밑거름이 되었고, 한 살, 한 살 나이테를 더할수록 깊어지는 뿌리로 주어지는 하루하루를 받아들이고 있다. 이 나무가 십 년 뒤에는 어 떤 결을 가지고 있을지 궁금하다.